奎文萃珍

人鏡陽秋

第四册

［明］汪廷訥 撰

文物出版社

人鏡陽秋卷十七

明新都無無居士汪廷訥昌朝父編

節部

友節類

無無居士曰朋情最重世有比黔首以鷹鸇嬈人靈於虎豹者末世之敝俗也然管鮑清塵王貢徽烈自有可嘉者握手則鴻鴈橫天論心則芝蘭滿室孔子稱切切偲偲人倫惡得廢此哉故敘友節終焉

左儒

周宣王将殺其臣杜伯而非其罪伯之友左儒争之於王九復之而王不許王曰汝别君而異友也儒曰君道友逆則順君以誅友友道君逆則順友以違君王怒曰易而言則生不易則死儒曰士不枉義以從死不易言以求生臣能明君之過以正杜伯之無罪王殺杜伯左儒死之

無無居士曰君之與友等義合也義無不宜未有此順而彼違者也懿哉左儒之見君道

則順君即所以順友于友見謂違實順而違矣友道則順友即所以順君于君見謂違實違而順矣初何有於别與異左儒死友以明義壯哉節乎兩無愧矣

人錄陸秘卷十七

左伯桃

燕左伯桃羊角哀二人為友聞楚平王善待士乃同入楚值雨雪山道阻絶粮少桃度不能俱生乃併衣食與哀令往事楚而自餓死空樹中哀至楚為上大夫乃言於平王備禮以葬伯桃葬畢哀自殺下從之

無無居士曰楚王善待士士之善者歸之左伯桃羊角哀是巳夫羊左之賢未之見所見惟併衣食以相濟至楚一說為上大夫夫不賢

能之乎然功業未見于時僅以死友之節著

燕趙多悲歌慷慨之士自古記之矣

六

環翠堂

王良

後漢王良字仲子東海蘭陵人在位恭儉妻子不入官舍布被瓦器時司徒史鮑恢以事到東海過候其家良妻曳柴從田中歸恢言我司徒史也故來受書欲見夫人妻曰妾是也苦掾無書恢乃下拜歎息而還後仲子以病免歸復徵至滎陽疾篤不任進道乃過其友人友人不肯見曰不有忠言奇謀而取大位何其往來屑屑不憚煩也

無無居士曰王仲子邁深心于組綬送高情于軒冕官舍寧寥家徒辟立妻自負薪致胥徒之歎息徵書復起值疾篤之間闕誠獵華纓於伏軒之庭乘緑車於堯虞之署者也柰何友人恥見峻責彌深豈陋舐痔兼車嚇鳶吞腐者歟余于是有感

李篤

東漢張儉被誣在黨中靈帝建寧二年復治鉤黨儉亡命困迫望門投止莫不重其名行破家相容後流轉至東萊止李篤家外黄令毛欽操兵到門篤引欽就席曰張儉負罪豈得藏之若審在此此人名士朝廷宜執之乎欽因起撫篤曰蘧伯玉恥獨為君子足下如何專取仁義篤曰今欲分之明廷載半去矣欽嘆息而去篤導儉出塞其所經歷伏重誅者以十數及黨禁解

儉乃得還鄉里

無無居士曰漢末以黨禍天下士士之逃黨四方者皆破家容之是天下一黨也李篤藏張儉固為專仁義然仁義豈得專哉毛欽欲分之便全載矣夫不黨之黨是為氣類堯之十六人舜之二十二人堯舜未嘗以為黨漢末之善類皆若儔乃一切禁錮之豈獻帝明過于堯舜歟是可哀已

臧洪陳容

東漢臧洪字子源廣陵射陽人舉孝廉補即丘長袁紹奇之與結友好以洪爲東郡太守時曹操圍張超于雍丘甚急洪從袁紹請兵將赴難紹不與洪請自率所領以行亦不許雍丘遂潰洪由是怨紹絶不與通紹舉兵圍洪歷年粮盡城陷生擒洪紹謂曰今日服未洪據地瞋目曰諸袁事漢四世五公可謂受恩今王室衰弱無扶翼之意欲多殺忠良以立奸威惜洪力劣不

能為天下報仇何謂服乎紹殺之洪邑人陳容
時在紹座謂紹曰將軍舉天下大事欲為天下
除暴而先誅忠義豈合天意紹慚使牽出容顧
曰仁義豈有常蹈之則君子背之則小人今日
寧與臧洪同日死不與將軍同日而生也遂見
殺在座者無不嘆息曰如何一日殺二烈士
無無居士曰史謂臧洪懷哭秦之節而存荊
則未之聞鄙哉范氏是以成敗論人矣夫臧
洪豈顧成敗哉義不容坐視即赴難而死且

為甘心時曹袁方睦今日之袁即異日之張
也紹已墮其術中而反殺烈士以悅之異時
冀州之圍赴難有如臧洪者否歟是自剪其
烈士也愚亦甚矣噫

鄭羆

北魏盧世度字子遷以崔浩事逃在高陽鄭羆家羆匿之使者逮羆長子羆誡之曰君子殺身以成仁汝雖死勿言其子奉命大被拷掠乃至火爇其體以死卒無所言

無無居士曰崔浩以脩史故致暴厲之赫怒窮誅高伯恭申釋是非辭義清辯可謂矯矯風節矣既而盧子遷逃難高陽何異亡命之張儉乃鄭羆破家匿之誡子殺身寧死勿洩

異哉賢子之節與伯恭爭高矣余故表之以
勵天下狗友誼者

鄺達禮

皇明新會鄺達禮恩平縣學生事母伍氏以孝聞又能友愛諸弟嘉靖初友人何希淵為流盜所虜達禮憫之自備金三兩銀十四兩往賊所贖之賊見達禮曰此奇士也欲脅以相從達禮不屈而死

無無居士曰鄺達禮孝友人也素負奇氣其於朋友豈顧問哉相然信以死一旦南荆肆詹東陵憑奸友人被刼乃傾己財以贖之賊

目為奇士而併刼達禮安有胷懷磊隗而變節以為奇者竟不屈而死焉嗚呼此可與世之金膏翠羽脂韋便辟者道哉

卷十七終

人鏡陽秋卷十八

明新都無無居士汪廷訥昌朝父編

義部

高尚類

無無居士曰士有浮雲富貴獨立於山阿海澨者誠義之也故碧嶔丹崖用以優賢剡溪鏡湖茲焉賜隱初不以冠冕拘天下士者遂其高尚之懷而豐草長林麋鹿之性自適矣是以箕潁間有穽寘之夫彼恣心賞之也

一鞭吊影之又一

叢翠堂

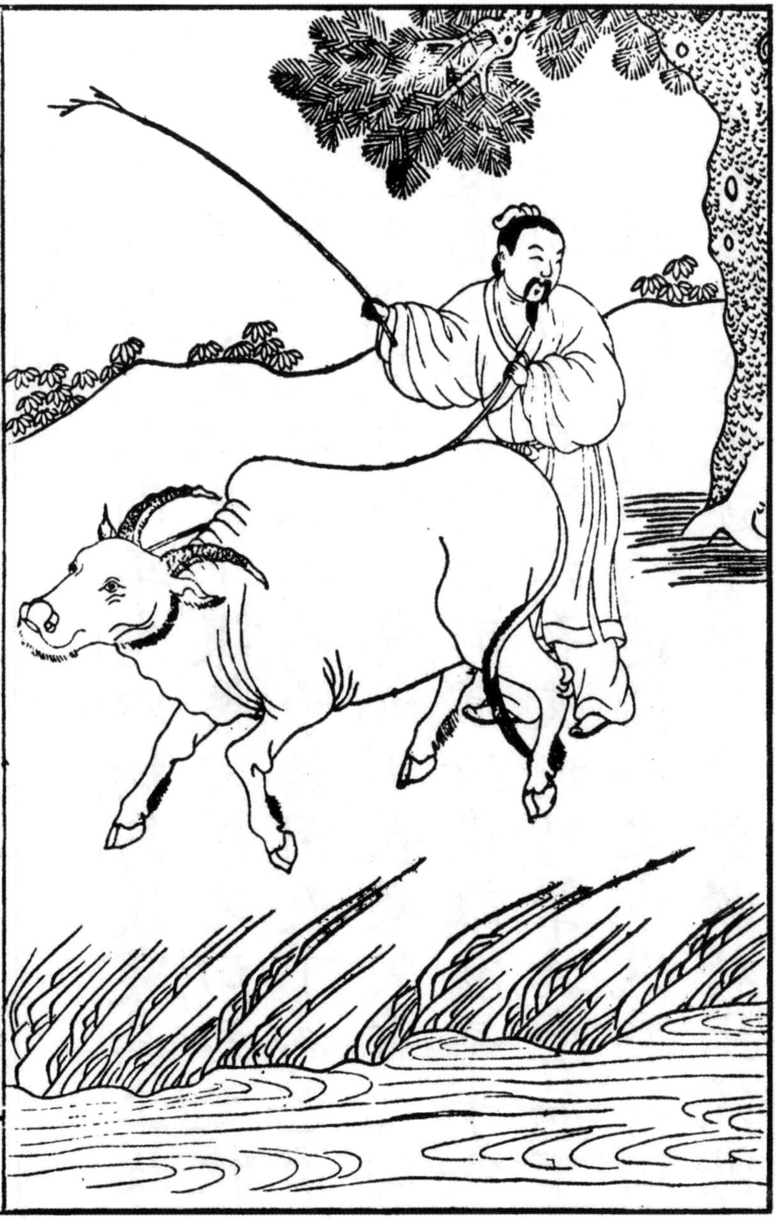

巢父許由

巢父者堯時隱人因年老以樹爲巢寢其上故人號爲巢父堯以天下讓巢父巢父曰君之牧天下亦猶予之牧孤犢焉予無用天下爲也牽犢而去又聞堯召許由爲九州長巢父責之曰子若處高崖闊谷隱汝形藏汝光誰能見乎今浮游俗間苟求名譽非吾友也乃擊其膺而下之許由悵然不自得乃遇清冷之水洗其耳曰嚮者聞言負吾友遂去巢父乃牽犢於上流飲

之恐汚犢口又有樊仲父牽牛飲水見巢由洗
耳馳牛而還恥令牛飲其下流也
無無居士曰堯讓天下固不以黃屋為心巢
由洗耳又豈以富貴為偉哉故其塵垢粃糠
將猶陶鑄堯舜蓋有為與無為初非二致由
雖無為而未嘗不可以有為堯雖有為而未
始不出於無為各循其素均之協於義也

子州支伯

舜讓天下於子州支伯子州支伯曰予適有幽憂之病方且治之未暇治天下也舜又以天下讓善卷善卷曰余立於宇宙之中冬日衣皮毛夏日衣葛絺春耕種形足以勞動秋收斂身足以休食日出而作日入而息逍遥於天地之間而心意自得吾何以天下為哉悲夫子之不知余也遂不受于是去而入深山莫知其處舜又以天下讓其友石戶之農石戶之農曰捲捲乎

后之為人葆力之士也以舜之德為未至也于
是夫負妻戴携子以入於海終身不反也
無無居士曰舜讓天下於三子見讓王篇世
謂莊生寓言夫寓言亦表其義高天下大器
也而不以易生又况他物其言曰惟無以天
下為者可以託天下足見寓言之旨矣

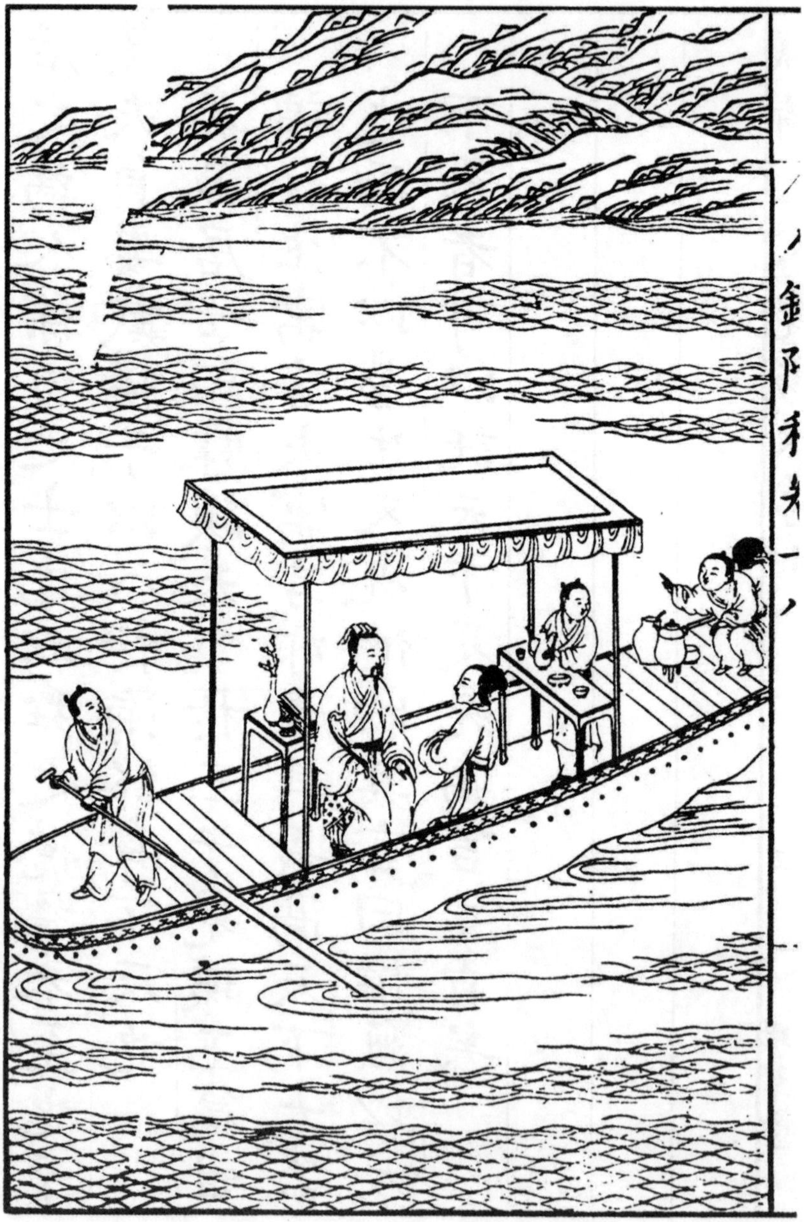

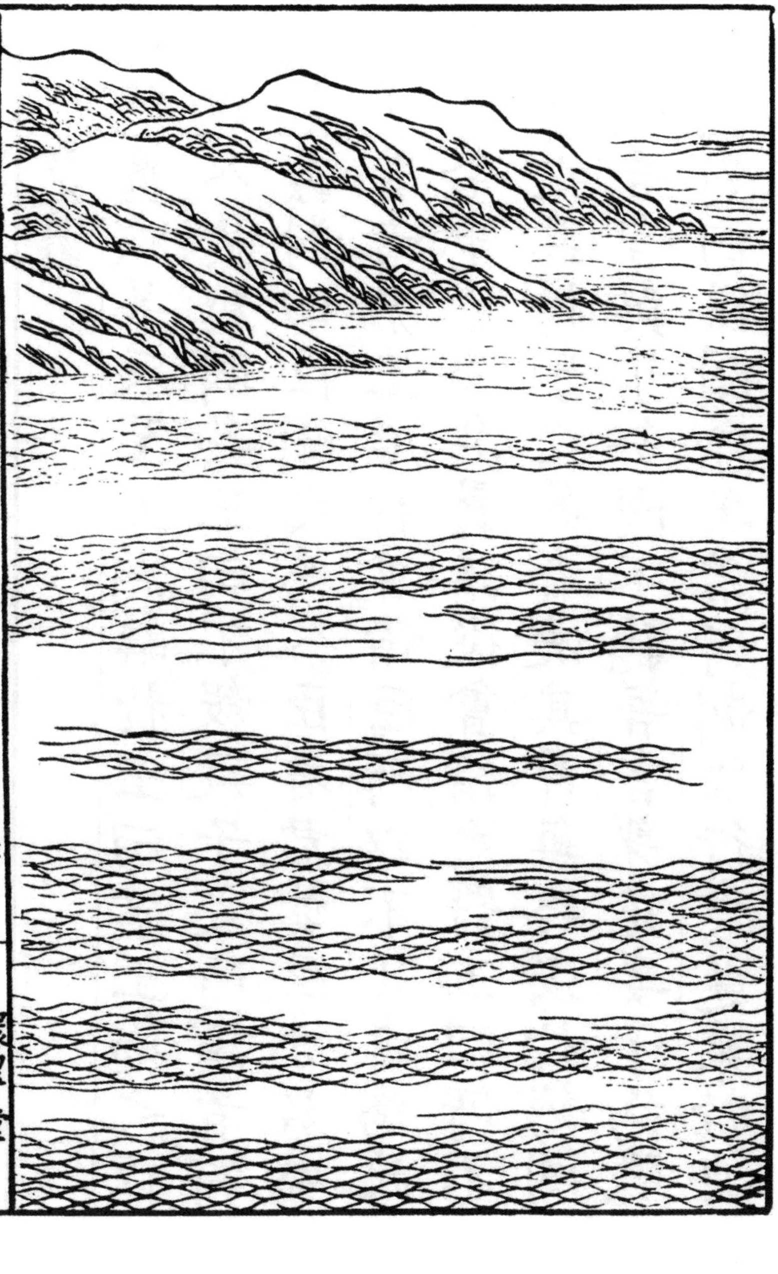

六

環翠堂

范蠡

越范蠡滅吳反至五湖辭於王曰君王勉之臣不復入於越國矣王曰不穀疑子之所謂者何也范蠡對曰臣聞之為人臣者君憂臣勞君辱臣死昔者君王辱於會稽臣所以不死者為此事也今事已濟矣蠡請從會稽之罰王曰所不掩子之惡揚子之美者使其身無終沒於越國子聽吾言與子分國不聽吾言身死妻子為戮范蠡對曰臣聞命矣君行制臣行意遂乘輕舟

以浮於五湖莫知其所終

無無居士曰范蠡滅吳霸越功成而載西施泛五湖卓哉擅千古之風流也想其洞庭橘熟江鄉蠏肥維艇白蘋渡口垂釣紅蓼灘頭友者白鷺沙鷗瓦盞蓬窻獨斟濁酒向之戰姑蘇而刎壯士首者盡付之五湖烟水中矣回視文種烏盡弓藏難共歡樂者越絕哉

莊周

戰國莊周少學老子梁惠王時為蒙縣漆園吏以卑賤不肯仕楚威王使大夫二人以百金聘周周方釣於濮水之上曰楚有神龜死已三千歲矣王巾笥而藏之於廟堂之上此龜者寧其死為留骨而貴乎寧其生而曳尾於塗中乎二大夫曰寧生而曳尾塗中莊子曰往矣吾將曳尾於塗中

無無居士曰漆園吏輕世傲物駕天風以放

浪擊寘水而逍遙其芻狗萬民塵介軒冕者
舊矣避席争席可以洞其胸臆本無為以為
宗爾取喻神龜郄楚聘物觀曳尾塗中之語
令人有濠濮間想

韓康

漢韓康字伯休京兆霸陵人家世著姓常采藥名山賣於長安市口不二價三十餘年時有女子從康買藥康守價不移女子怒曰公是韓伯休耶乃不二價乎康嘆曰我本欲避名今小女子皆知有我焉何用藥為乃遁入霸陵山中博士公車連徵不至桓帝乃備玄纁之禮以安車聘之使者奉詔造康康不得已乃許諾辭安車自乘柴車冒晨先使者發至亭亭長以韓徵君

當過方發人牛脩道橋及見康柴車幅巾以為田叟也使奪其牛康即釋駕與之有頃使者至奪牛翁乃徵君也使者欲奏殺亭長康曰此自老子與之亭長何罪乃止康因逃遁以壽終

無無居士曰韓伯休不二價以避名是畏影而走日中名卒不能逃也雖遁跡山中徵書隨至矣逮柴車先發亭長奪牛斯為爭席向之盱盱睢睢渺不復見竟逃而去之即女子欲與爭價復何可得哉

一義鳴易化其十八

十二

一四九一

滾翠堂

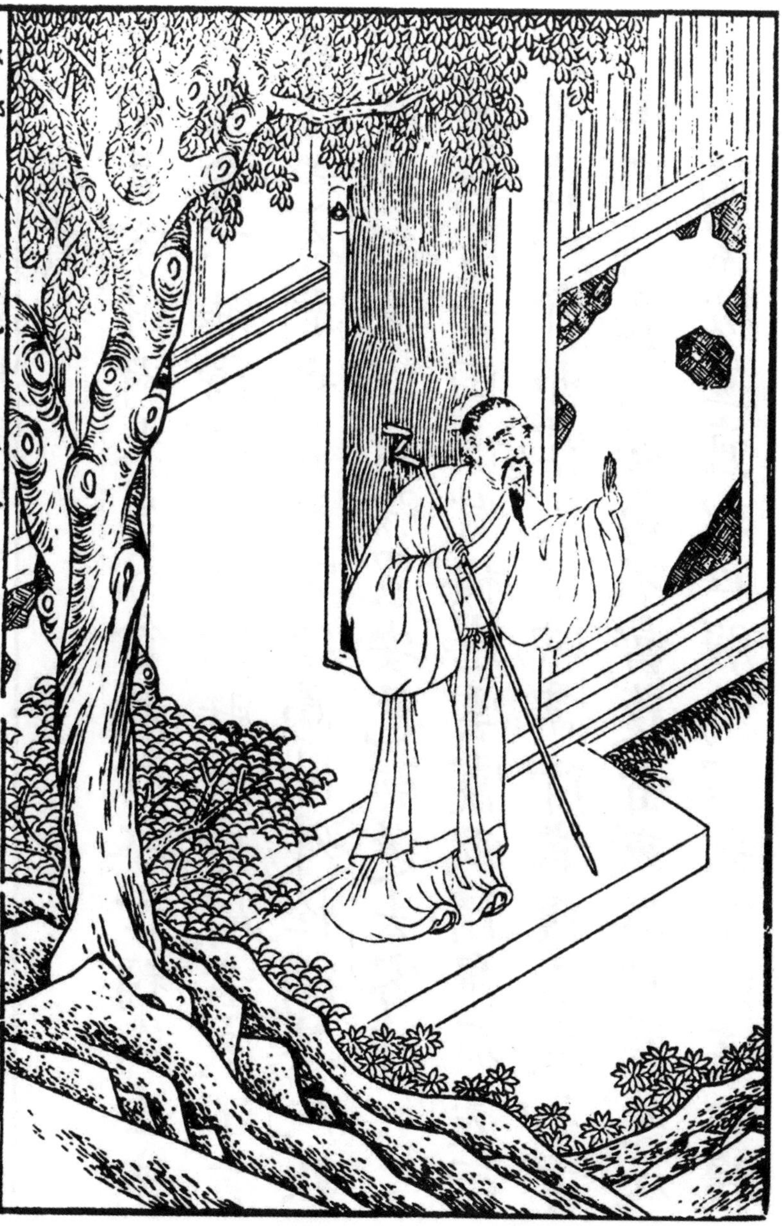

閔貢

漢閔貢字仲叔太原人含菽飲水世稱節士老病家貧不能得肉日買猪肝一片屠者或不肯與安邑令聞之勅吏常給焉仲叔怪問其故歎曰閔仲叔豈以口腹累安邑耶遂去客沛

無無居士曰仲叔棲志雲霞縱情泉石義所不在一介弗需已之所需即當獲者或不肯與乃情之攸安苟不當獲者或倖致焉適反以為累彼豈直以口腹為害哉不以害口腹

者爲心害爾不然等邑令於屠者無當也

十四
環翠堂

孔嵩

後漢孔嵩字仲山南陽新野人與范巨卿爲友家貧奉親變姓名傭爲新野縣阿里街卒時巨卿爲荆州刺史行部到新野縣選仲山爲導騎迎巨卿巨卿見仲山把臂謂曰子非孔仲山耶吾昔與子俱曳長裾遊息太學吾蒙國恩致位牧伯而子懷道隱身處於卒伍不亦惜乎仲山曰侯嬴長守於賤業晨門肆志於抱關子欲居九夷不患其陋貧者士之宜豈爲鄙哉巨卿勑

縣代仲山仲山以先傭未竟不肯去

無無居士曰士人處世達則鶴蓋龍軒窮則蹇驢破帽巋立乎中央者弗二視也仲山少學問而隱於傭即遇故人不以為恥其見達矣巨鄉下車把臂嘆息輕憐謂之有故人情則可似猶未鑒厥衷也仲山乃竟其役鴻寘燕寢各適其常遐舉哉

人鏡陽秋卷十九

明新都無無居士汪廷訥昌朝父編

義部

惠愛類

無無居士曰心有獨厚而不得不有輕者此林囬千金赤子也負義之士視天下困阨離析若恫瘝於躬故倒囊罄廩抵璧揮珠使傾陂者夷妥焉心斯快矣是以孤帷稽顙窮閻崩角與彼斤斤鹽米捫一錢不忍釋者殊哉

秦西巴

魯孟孫獵得麑使秦西巴持歸其母隨之而啼秦西巴弗忍縱而與之孟孫怒而逐秦西巴居一年召以為子傅左右曰夫西巴有罪於君今為太子傅何也孟孫曰夫以一麑而不忍又將能忍吾子乎

無無居士曰孟孫得麑時不忍之心特未觸耳西巴不忍麑母之啼竟放之孟孫始逐而終招者不忍之心萌於後也夫人孰無是心

一旦萌動而欲其子沐麑之仁此樂羊終愧西巴也巳蘇子云放麑違命也推其仁可以托國知言哉

人鏡陽秋卷十九

聚翠堂

全琮

三國全琮字子瑾錢塘人父柔使齎米千斛到吳市易琮皆散給士大夫空船而還白父曰所利非急而士大夫方有倒懸之急故賑贍之柔乃奇之後琮仕吳封錢塘侯

無無居士曰大丈夫之處世能無毀家以佐緩急哉方江東阨於曹劉間其士大夫不虞許洛巴蜀之入侵則虞度支金錢之不給窘困所時有也全琮散米以賑贍之所見者大

矣夫有志於時務者竟爲時務所羈其畫地
封侯也談笑覔之矣

義部
六一
環翠堂

孔奐

六朝孔奐字休文會稽山陰人除晉陵太守清白自守妻子並不之官唯以單船臨郡所得秩俸隨即分贍孤寡郡中號曰神君曲阿富人殷綺見郡守居處儉素乃餉以衣氊一具奐曰太守身居美祿何為不能辦此但百姓未周不容獨享温飽勞卿厚意幸勿為煩

無無居士曰霍冠軍以匈奴未滅何以家為委質事人者宜如是也夫分符守郡將令百

姓煦煦自昵悶悶無所稱乎抑惠及孤寡令人人自喜乎要未有侈然肆於民上而視彼饑寒如己者孔休文之儉素其己視元元之心為義甚高不則何貧人蒙卹富人致餉歟是可勸已

義部 人鏡陽秋卷十九 八 環翠堂

郭原平

宋郭原平字長泰會稽永興人少稟至性住在會稽居宅下濕遶宅為溝以通淤水宅上種小竹春月夜有盜其筍者原平偶起見之盜者奔走墜溝原平自以不能廣施至使此人顛沛乃於所植竹處溝上立小橋令足通行又采筍置隣曲慙愧無復取者

無居士曰余讀庭堅苦筍賦以冠冕兩川致褒其自況者深矣夫已有而令人取之無

禁非大公為懷者不能郭長泰見盜筍者更多方以通之其襟懷之曠邈何如是亦人倫之冠冕較之得趣勿傳者其味自別

人鏡陽秋卷十九

王義方

唐王義方泗州漣水人舉明經詣京師客有徒步疲於道者自言父宦遠方病且革欲往省覲困不能前義方解所乘馬遺之不告姓名而去為魏徵所知徵欲妻以夫人之姪王辭不取俄而徵薨王乃取女人問其故曰初不附宰相今感知已故也

無無居士曰古之知已或貧廉異貫或勇怯相懸跡若違而相知者心爾魏文貞之知義

方知其心也惟心存好義雖邂逅之人即脱驂不難者若附宰相者又惡能之雖然不附宰輔此所以為知己也

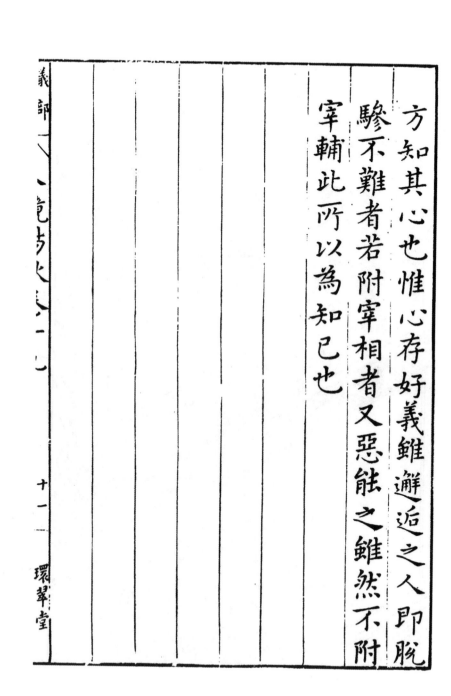

義部一 十二 環翠堂

郭元振

唐郭元振諱震魏州貴鄉人在太學時家中送資錢四十萬會有縗服叩門者自言五世未葬願假以治喪元振舉與之無少吝亦不質其姓名

無無居士曰元振助葬乃范氏之灰丁也夫仁人之用心自別並生天壤間有一失所經目便心不忍惟知行吾之仁而已豈暇故舊之問哉若待故舊而後賑則出於故舊之外

者多矣仁哉元振垂德於不報之地自是天
下有義士乎

李沆

宋李沆字太初洛州肥鄉人咸平初拜平章事有一僕逋金十千一夕遁去其女將十歲有美姿自繫一券於帶願賣宅中以償丞相視夫人曰當如己子育之於室訓教婦德俟長求夫嫁之請夫人親為結縭務在明潔夫人如所教及笄擇一壻具奩歸之女範堅白其二親後歸舊京感公刻骨丞相病夫婦刲股作羹及薨服衰三年

無無居士曰李文靖豈不厚德而豪舉哉逋金十千小女不足以酬即酬之怒其父母而貽恨其子者亦常情不免而文靖一槩子視之宥過施恩失金若忘此其相度之寛宏可識已噫書生狂詈引爲已辜居第溢湫僅容旋馬真聖人哉

竟賜火長卜乙

（十六）

環翠堂

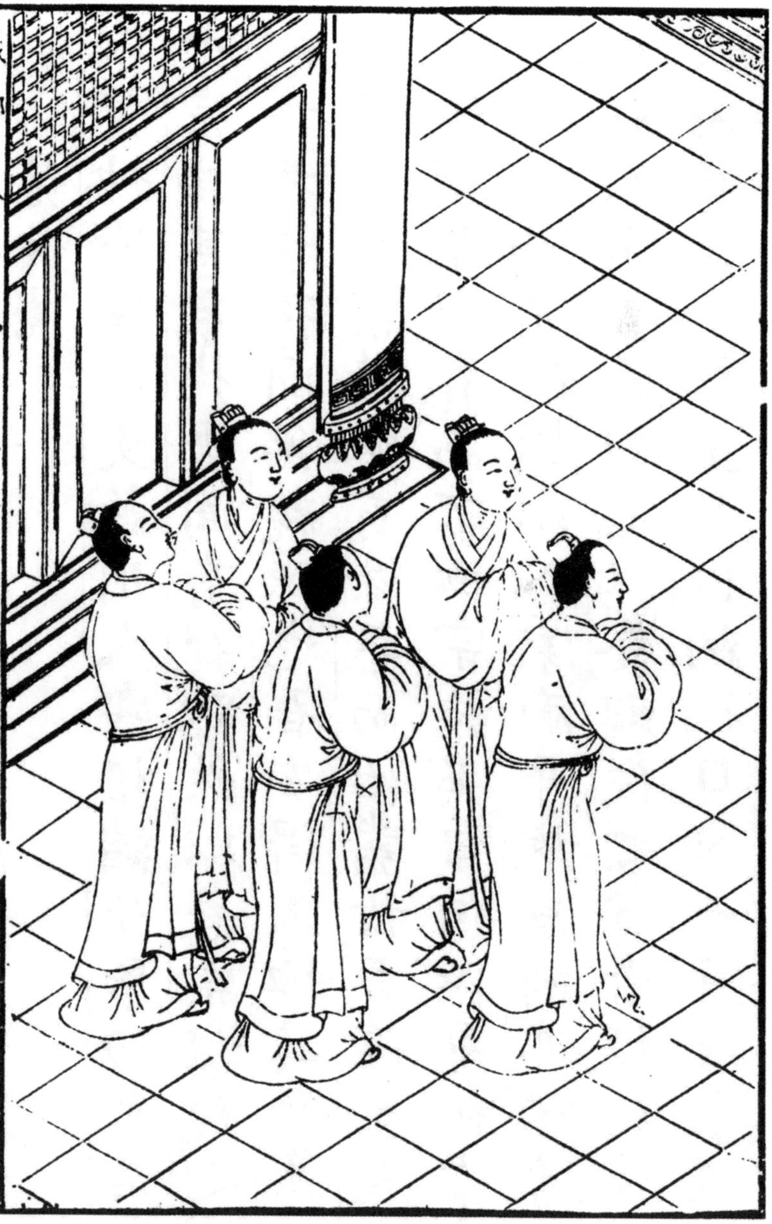

范仲淹

宋范仲淹字希文蘇州人嘗語諸子弟曰吾吳中宗族甚衆於吾固有親踈然以吾宗祖視之則均是子孫固無親踈也吾安得不恤其饑寒哉且自祖宗積德百餘年而始發於吾得至大官若獨享富貴而不恤宗族異日何以見祖宗於地下今亦何顏以入家廟乎故恩例俸賜常均族人併置義田宅以養群從之貧者擇族人長而賢者一人主其出納人日米一升歲衣縑

一疋嫁娶喪葬皆有贍給聚族人僅百口公歿
逾四十年子孫賢令至今奉公之法不敢廢弛
無無居士曰文正公義田錢公輔嘗記之矣
而其田抵今不廢豈非其德積者其施不朽
耶夫漢有石魏有楊唐有柳今並堙滅惟公
天乎專祀香火如新與三高並著彼鴟夷子
之祀猶有吴痴忘越之誚獨過公祠者覩遺
容而起敬可識千載之公心矣

義部
十八
環翠堂

曾公亮

宋曾公亮字仲明泉州晋江人也布衣游京師舍於市側旁舍泣聲甚悲詰朝過而問之旁舍生意慘愴欲言而色愧公曰若第言之或遇仁人戚然動心免若於難不然繼以血無益也旁舍生顧視左右欷歔久之曰僕頃官于其以其事而用官錢若干吏督之且急視其家無以償之乃謀於妻以女鬻於商人得錢四十萬行與父母訣此所以泣之悲也公曰商人轉徙不常

且無義愛離色衰則棄於溝中瘠矣吾士人也孰若與我旁舍生跽曰不意君之厚貺小人如此且以女與君不獲一錢猶愈於商人之數倍然僕已書券納直不可追矣公曰第償其直索其券彼不可則訟於官旁舍生然之公即與四十萬錢約曰後三日以其女來吾且登舟矣俟君於水門之外旁舍生如公教商人果不敢爭攜女至期以往則公之舟無有也詢傍舟之人則曰其舟去已三日矣其女後嫁為士人妻

無無居士曰曾魯公輸錢鬻女且先去以滅其蹤俾骨肉聚而督責償誠施恩於無用之所此一舉措飄然脫洒如積雪在地明蟾孤映人欣其冷焰寒光欲求素娥之蹤跡不可得矣

義部一

二十一

環翠堂

范純仁

宋范純仁字堯夫蘓州人文正公次子文正在睢陽遣堯夫於姑蘇取麥五百斛堯夫時尚少還次丹陽見石曼卿問寄此久近曼卿言已兩月三喪在淺土欲葬之北歸無可與謀堯夫以所載舟與之單騎自長蘆捷徑而去到家拜起侍立良久文正曰東吳見故舊乎曰曼卿為三喪未舉留滯丹陽時無郭元振莫可告者文正曰何不以麥舟付之堯夫曰已付之矣

無無居士曰范堯夫夙閑義訓素秉仁風運
百斛之麥舟值三喪之故舊路阻丹陽悲歸
魂之偃蹇時無郭震苦吊賻之流離冝舉以
贈馬嗚呼若曼卿者不少屈以合世而突兀
崢嶸之氣即埋之有不得掩者余茲兩義之
哉

義部
人鏡陽秋卷十九
二十三
環翠堂

王安石

宋王安石字介甫諡荆公知制誥吴夫人為買一妾荆公見之曰何物女子曰夫人令執事左右曰汝誰氏曰妾之夫為軍大将部米運舟失家貲盡没猶不足又賣妾以償公愀然曰夫人用錢幾何得汝曰九十萬公呼其夫令為夫婦如初盡以錢賜之

無無居士曰荆公曾不忍元澤媍而嫁之肯忍於人夫婦乎得其故而愀然惻之公仁人

非忍人也柰何新法行而夫婦離散者不少
又何忍於斯哉豈得於覿者活不得於覿者
殺乎

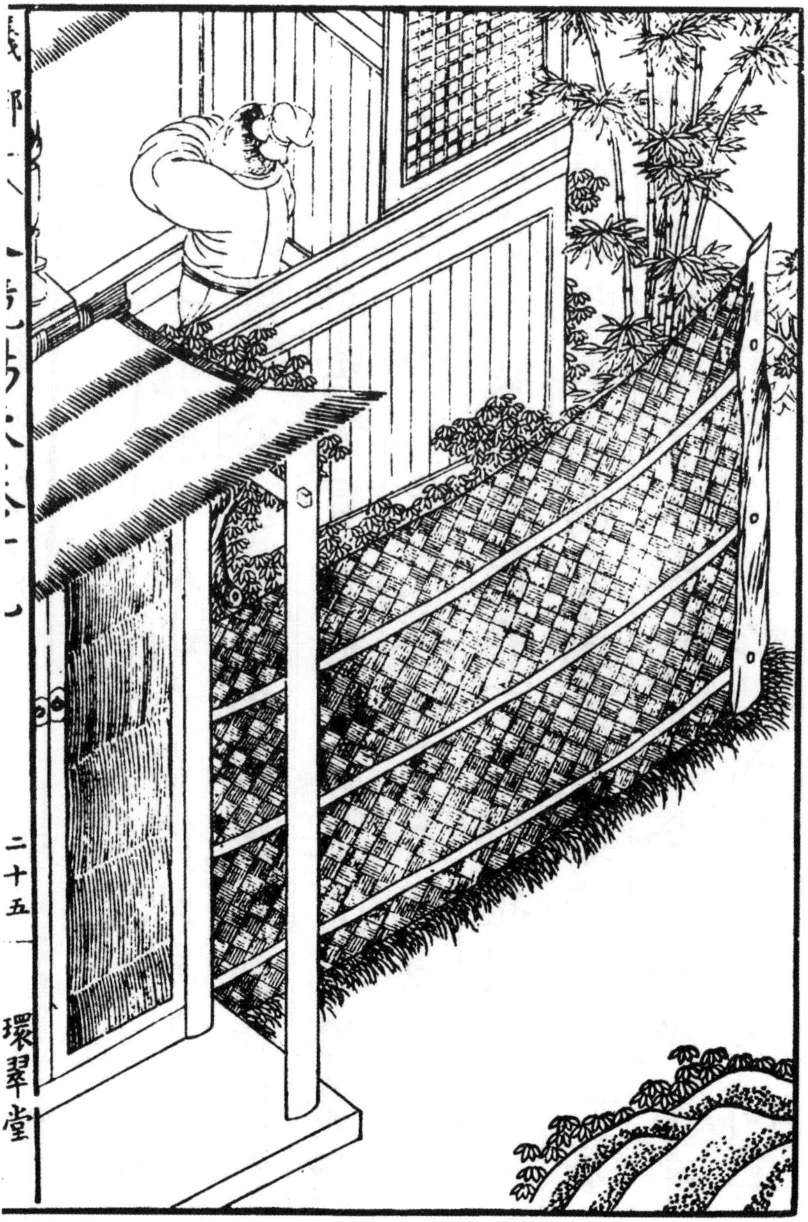
二十五
環翠堂

蘓軾

宋蘓軾字子瞻眉州眉山人自儋北歸卜居陽羡時邵民瞻從公遊時時相與杖策過長橋訪山水為樂邵為公買一宅為緡五百公傾囊僅能償之卜吉將入居夜與邵步月偶至村落聞婦人哭聲極哀公徙倚聽之與邵推扉而入則一老嫗公問嫗何為哀傷至是嫗言吾有一居相傳百年吾子不肖舉以售人今日遷徙百年舊居一旦訣別所以泣也坡亦為之愴然問其

故居所在則公以五百緡所得者囙再三慰撫謂曰嫗之故居乃吾所售不必深悲當以是居還嫗即命取屋券對嫗焚之呼其子迎母還舊居不索其值公遂還毘陵不復買地

無無居士曰子瞻還宅乃哲人細事斯不足詫蓋人生若寄所居不啻蘧廬一信宿爾況子瞻達者肯視蘧廬為己物哉以有涯視無涯則有涯者悲風遺響無涯者我與物皆無盡也噫嘻孰謂一世人雄而念鷦鷯一枝哉

于令儀

宋曹州于令儀者市井人也長厚不忤物晚年家頗豐富一夕盜入其家諸子擒之乃鄰舍子也令儀曰爾素寡過何苦而為盜邪迫於貧耳問其所欲曰得十千足以資衣食如其欲與之既去復呼之盜大懼語之曰爾貧甚負十千以歸恐為羅者所詰留之至明使去盜大感愧卒為良民鄉里稱君為善士君擇子姪之秀者起學室延名儒以掖之子伋姪傑倣繼登進士第

令爲曹南令族

無無居士曰諺云市道交蓋不知交道而薄市井也夫市井聞廣見慱中多賢豪長者如于令儀是已彼賞之不竊乃執政者事外是則彦方遺布亦勸善之一義卓哉于公滿盜所欲且委曲以護其去安見其囿於市井耶宜乎蒙惠者勸施惠者昌歟

人鏡陽秋卷十

義部
二十九
環翠堂

劉週

皇明萬安劉週字繼鄉能分財施予人振殍掩胔設搡治橋梁道路不遺餘力友人陳雪筠之子弗順而避於野一日忽心動就父所邀週泣曰吾已不容於天地理固宜死奈吾父何公仁人也敢以死托週諾之明日其子果死為治其喪數年雪筠死亦如之有李貝顯者病且死子幼盡籍其田廬屬之週曰吾與君昧生平而居又相遠力固不足以庇君奈何顯泣曰小人知

君君不憐小人何也迴不得已諾之每歲跋踄經紀其家顯子長歸所籍田廬視初不減也人有貸金不能償即焚券有梁士誠者廢疾人也待妻以為食遭誣訟將鬻妻迴聞而悲之貸以十五金卒亦不責其償

無無居士曰劉繼卿本孝友之資行施予之義無論遐迩一諾之便相許以心猶夫子之遇館人惡夫涕之無從也人謂代降風薄若繼卿之恤子何異古人

覺陽火長十乙

三十一 環翠堂

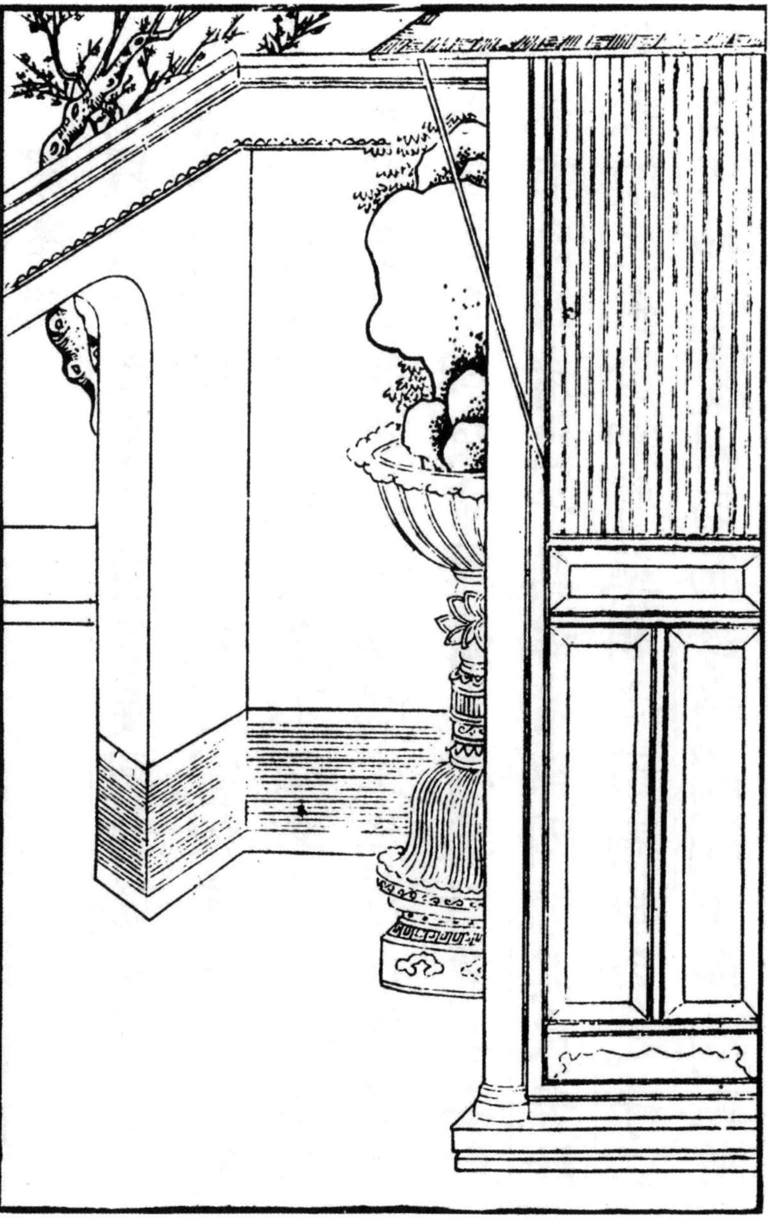

羅慶同

皇明羅念庵之先世有名慶同者號善菴嘗以市藥為濟人之圖無親戚貧富以病請藥必與善品即負券不償輒焚棄不問嘗大雪夜半聞扣戶聲亟起問之則境外儒生為母市藥者也延入坐而嘆曰夜市藥者多矣要皆急其妻與子未有為母者也子其孝者與因勞其良苦飲食之儒生出金釧質藥問之曰而母命之乎曰病困不知也慶同曰而母病間聞市藥問所質

云去金釧心當恚忿是益其病也亟持去手授良藥復遣人衛行歲且暮儒生券未酬僮奴持之曰券直若干柰何慶同嘆曰汝為吾惜金耶投之火竟不問明年春有騎從帷車來者問之則負券儒生母子也其母手持金布拜曰微翁不得至今曰翁兒女視我我無以報病起手織此布為壽顧翁世世子孫綿綿纚纚如此布矣慶同受而遺贈之其善行類若此曾孫循官山東副使是生文恭公洪先舉己丑廷試一甲第

一人

無無居士曰羅善庵之市藥固不耻効於目睫也而焚劵已屢且視人之賢否而緩急以濟攻心為上攻疾為下使質劵傷心則妙劑投弗効矣故来織布以酬其積誠固如縷而祝福亦如縷宜哉

義部
人鏡陽秋卷一
三十四
環翠堂

汪仕齊

皇明汪世衡字仕齊倚南號也徽州休寧人弱冠棄儒脩父業賈于湖得萬貨之情陰陽諸役人并市儈無不駭且神之因得其用業大起父息肩於賈日黨徉泉石間矣仕齊益求以盡孝承歡乃奉金為壽以任所施予父喜有子而日祝天願孫事兒如事父父歿則父事伯仲氏伯仲氏業日落挈父所割貲產悉以讓之雖從事商賈乎而不為一身計為一族一鄉計内外需

舉火者百數十人歲人給米石八斗襲衣一為
常婚授禽荒授粥癃授藥死授槥館所欲而去
者相踵也或大祲如范公故事以賑之用形家
言里中濬地成川累土成山道茀而除石水涸
而成梁以工計者十年以費計者無算無聚祿
以望人之腹環百舍重趼若不知有饑寒困苦
矣客或謂曰施如委壑固善恐人不願以身為
壑何仕齊曰施豈在博行吾欲爾獨不聞閭巷
之俠如季次原憲終其身貧賤不厭何得博施

余以嚮其利者為有德此鄉曲之俠不可少也故朱禄葦隣死於盜與藍應魁唐尚仁誤陷大辟者白其寃請易丹書由是義聲游揚黄白間有足稱者較之季次原憲難爾且其殁也廣輸金散故舊厖財以搆諸義舉而有子賢孝克承厥志迄今無改於其道人謂仕齊為不死焉

無無居士曰赤張滿稽云病而求醫孝子操藥以修慈父其色燋然聖人羞之不肖敢謂先君子躋至德之世哉第以心論庶幾之爾

嘗誦大雅文王之什而歎周公不遑及也竊附忝張之義於親不敢諛之云爾

卷十九終

人鏡陽秋卷二十

明新都無無居士汪廷訥昌朝父編

義部

清廉類

無無居士曰澄濁而清矯貪而廉非清廉也惟彼清廉之士一榻白雲半窓明月金穴百丈而不探銅山萬仞而不睇熙熙然不累無累心境交虛矣故掘泥揚波餟醨餔糟對境而忘境居塵而出塵庶幾清廉為真哉

被裘公

春秋被裘公者吴人也延陵季子出遊見道中遺金顧而覩之指云曰取彼金公援鐮瞋目拂手而言曰何子居之高視之卑儀貌之壯語言之野也吾當五月被裘而負薪豈取遺金者哉季子大驚既謝而問其姓名薪者曰子皮相之士也何足語姓名遂去不顧

無無居士曰遺金重貲也負薪微利也釋微利而獲重貲稍知耻者必為之而被裘公不

然何季子不欲於已者乃欲於人耶夫讓吴者季子也此而讓金得不視吴若遺而姬僚薪者哉然讓吴乃亂吴此薪者譏之爲皮相也噫

四
衆翠堂

楊震

東漢楊震字伯起弘農華陰人少好學安帝時舉茂才先任荊州刺史遷東萊太守道經昌邑邑令王密乃故荊州刺史所舉茂才夜懷金遺震震曰故人知君君不知故人何也密曰暮夜無人知者震曰天知地知我知子知何謂無知密愧而去

無無居士曰杜工部詩不貪夜識金銀氣遠害朝隨鹿豕遊若為伯起而發云夫伯起畏

四知者畏心知也心知嚴於天地昭於人我若一毫有欺視人知殆有甚焉所謂暮夜即白晝之為屋漏即康衢之見者蓋談心也楊家載德仍世柱國有以哉

鍾離意

漢鍾離意字子何會稽山陰人舉孝廉明帝時為尚書時交阯太守張恢坐贓伏法籍其資物班賜群臣意得珠璣悉以委地而不拜賜帝問其故對曰孔子忍渴於盜泉之水曾參迴車於勝母之閭惡其名也此贓穢之寶誠不敢拜帝嘆曰清乎尚書之言乃更以庫錢三十萬賜意

無無居士曰鍾離意就格請過固為仁者之情世未有忠誠不本於清貞而其利能溥者

子何不拜賦穢其心已入於孔曾之門矣至
言信而志行非得于天者厚能乎哉

袁安

後漢袁安字卲公汝南汝陽人時大雪積地丈餘洛陽令身出按行見民家皆除雪出至袁安門獨無有路謂安已死令人除雪入戶看之見安僵卧問何以不出安曰大雪人皆餓不宜干人後為司徒每朝會憂念王室未嘗不流涕

無無居士曰閉門卧雪其白雪之姿比潔氷壺一點塵埃凈盡矣然茶烟冷於僧舍酒力微於歌樓獨袁家門巷蕭條忍餓其清貞絕

俗亭亭物表之懷可想矣厥後軫念王室未
嘗不流涕噫涕果何從哉從忍餓中来也寧
見熱中者肯坐冷青氊乎吞耶後来諸表割
據州郡奈紅爐一點何

卷二十

義部
十
琢翠堂

山濤

晉山濤字巨源河内人早孤貧少有氣量介然不群先任吏部郎後遷尚書以母老辭職疏十上乃聽帝以濤清儉加賜床褥裀帳禮秩崇厚時莫與比初濤布衣家貧及居榮貴貞愼儉約禄賜俸秩散之親故初陳郡袁毅嘗為鬲令貪濁而賂遺公卿以求虛譽亦遺濤絲百觔濤不欲異於時受而藏於閣上後毅事露檻車送廷尉凡所受賂皆見推檢濤乃取絲付吏積年塵

埃印封如故

無無居士曰史稱山公具美居官以啟天下之能事親以勸天下之俗是固然矣至其持身清儉又居官事親之本焉時任銓衡風清敝絶覃恩馳於天口私惠謝乎臣名是曰山公戢事所謂西園有三公之錢者渺乎寢於太康之末也若塵緘印封又其清不絶俗矣

胡威

晉胡威字伯虎淮南人少有志尚厲操清白父質臨荊州威自京都省之家貧無車馬童僕威自驅驢单行見父停廐中十許日告歸臨辭質賜絹一疋為道路費威跪問曰大人清嚴不審於何得此質曰是吾俸禄之餘故為汝糧耳威受而去質帳下都督先威未發請假還家陰資裝於百里要威為伴每事佐助行數百里威疑而誘問之既知乃取所賜絹荅謝而遣之後因

他信具以白質質杖都督一百除吏名其父子清白如此後拜侍御史遷徐州刺史入朝武帝語及平生嘆其父清謂威曰卿清孰與父清威對曰臣不如也帝曰卿父以何為勝耶對曰臣父清恐人知臣清恐人不知是臣不及遠也

無無居士曰胡質父子建旟剖竹流惠樹威叅有令聞明主見知可謂能臣矣並以清聲浹洽遠近問安荆州賜絹審其所自資裝佐助杖吏竟除其名一清耳恐人知者求無愧

於已恐不知者求無慙於人要之各懷恐心則知與不知盡歸於一恐也其殆異而無異者歟

一覽陽火長二十

十四一

環翠堂

人鏡陽秋卷二十

義部　人竟易火張之二十　十五　聚翠堂

郭文

晉郭文字文舉餘杭人父母服終遍遊名山歷華陰之崖以觀石室之石函步擔入吴興餘杭山窮谷中倚木於樹苫覆而居都無壁障餘杭令顧颺與葛洪共造之携與俱歸颺以文舉山行或須皮衣贈以韋袴褶一具文舉不納辭歸山中颺追遣使者置衣室中而去文舉初無言韋衣乃至爛於戶內竟不服用

無無居士曰非其好而強致焉是皐之也非

所需而姑贈焉是污之也顧餘杭欲交郭文舉乃招致而贈之不知扱綸錯餌迎而吸之乃陽鱎魚不可以得魴而長者逝矣嗚呼厥心槁形之夫即風樹一飄猶以為累況皮服一具哉若颸者誠皮相士也

義部

人鏡陽秋卷二十

十七

環翠堂

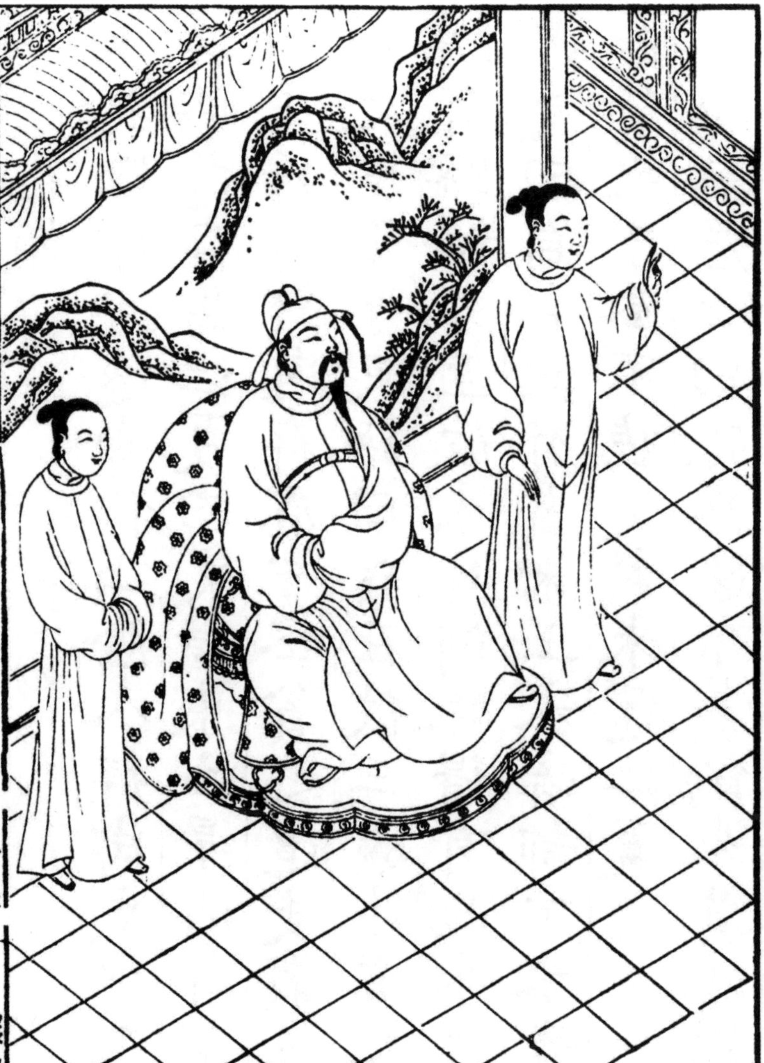

孔顗

宋孔顗字思遠會稽山陰人拜御史中丞在都其弟道存為江夏内史時東土旱儉都下米貴一斗將百錢道存慮中丞貧乏遣吏載五百米餉之中丞呼吏語曰我在彼三載去官之日不辦有路糧郎至彼未幾何緣得有此米可令載還吏曰自古無有載米上水者都下米貴乞於此貨之中丞不聽吏載米還江夏

無無居士曰孔思遠不義餉米其清標可想

且云三載無餘蓄其警戒不尤嚴哉惜乎吏人之對欠商量宜云都下寧無貧乏之不給者乎請以貸之斯孔氏之義問昭矣然思遠曾焚二弟所載已何斯船之往来不憚煩耶噫以載米之船載鶴孔家弟庶幾乃兄心哉

謝弘微

南宋謝弘微陽夏人爲黄門侍郎精神端審時然後言從叔混特重之常曰微子異不傷物同不害正吾無間然初混尚晉晉陵公主混死詔絶婚公主悉以家事委弘微混仍世宰輔僮僕千人唯有二女年數歲弘微爲之紀理生業一錢尺帛皆有文簿九年而晉亡公主降號東鄉君聽還謝氏入門室宇倉廩不異平日田疇墾闢有加於舊東鄉君嘆曰僕射平生重此子可

謂知人僕射為不亡矣親舊見者為之流涕及
東鄉君卒公私咸謂貲財宜歸二女田宅僮役
應屬弘微弘微一無所取自以私祿葬東鄉君
混女夫殷叡好樗蒱奪其妻妹及伯母兩姑之
分以還戲責內人皆化弘微之讓一無所爭或
譏之曰謝氏累世財產充殷君一朝戲責鄉視
而不言譬棄物江海以為廉耳弘微曰親戚爭
財為鄙之甚今內人尚能無言豈可奪之使爭
乎分多共少不致有乏身死之後豈復相關也

無無居士曰謝弘微以私禄葬東鄉君世議為矯然謝家芝蘭玉樹豈但封胡遏末哉惠連靈運之輩並以文義賞會為烏衣之遊叔混咸有戒厲惟弘微獨盡褒美比混遺家難公主離婚煢煢二女弘微是依以私禄葬東鄉君者全以家貲歸二女誠不忍一毫費之也觀道韞有王郎之嫌而殷君之責無爭弘微之化深矣

義部　覽易大卷二十　二十二　環翠堂

張融

南齊張融字思光吳郡人給假東出世祖問思光住在何處思光答曰臣陸處無屋舟居非水後日上以問其從兄思曼思曼曰融近東出未有居止權牽小船於岸上住上大笑

無無居士曰張思光之風調凌雲一笑孤神獨逸人也其自序云造次乘我顛沛非物將使性入清波塵洗膏沐觀此可以識大槪矣雖方駕阮籍以欣晉平閑外竟以才非治民

不用終爲舟居陸處矣故君子貴大閑

李幼廉

北齊李幼廉趙郡高邑人少寡慾為兒童時初不從人家有所求請嘗故以金寶授之終不取強付輒擲地州牧以其蒙幼而廉故名幼廉後齊主時為南青刺史主簿徐乾富而強橫歷政不能禁幼廉初至因其有犯收繫之乾密通疏奉黃金百挺妓婢二十人幼廉不受遂殺之

無無居士曰慾則不剛以糜至蚋集之夫而能觸邪辟惡者世未之有幼廉少負剛性寡

慾無阿故嘗腥穢金寶惟恐已累業已視輕薄少年横閭里者無得借交為姦狀矣一旦剌南青至主簿而下得以尺箠相加遺若有瞯氏宗人三百戸者犁其黨易易爾故徐軋竟不得逞其横噫假令有慾則黄金粉黛将其意矣

韋夐

後周韋夐字敬遠京兆杜陵人世為三輔著姓弟孝寬在延州敬遠至州與孝寬相見將還孝寬以所乘馬及轡勒與敬遠敬遠以其華飾心弗欲之笑謂孝寬曰古人不棄遺簪墜屨者惡與之同出不與同歸吾雖不逮前烈然舍舊錄新亦非吾志乃乘舊馬以歸

無無居士曰常敬遠世稱逍遙公者非歟追嶺松之千仞懷巖泉之百丈周明冀叅萬机

乃寵之以號至其懿行雖細微亦有可紀君子比德於驥若因舊而棄之是曰慙德同出而同邁雖老羸遲鈍且收之閑肆矣是心也即不遺空谾之心

義部 人鏡陽秋卷二十 二十八 環翠堂

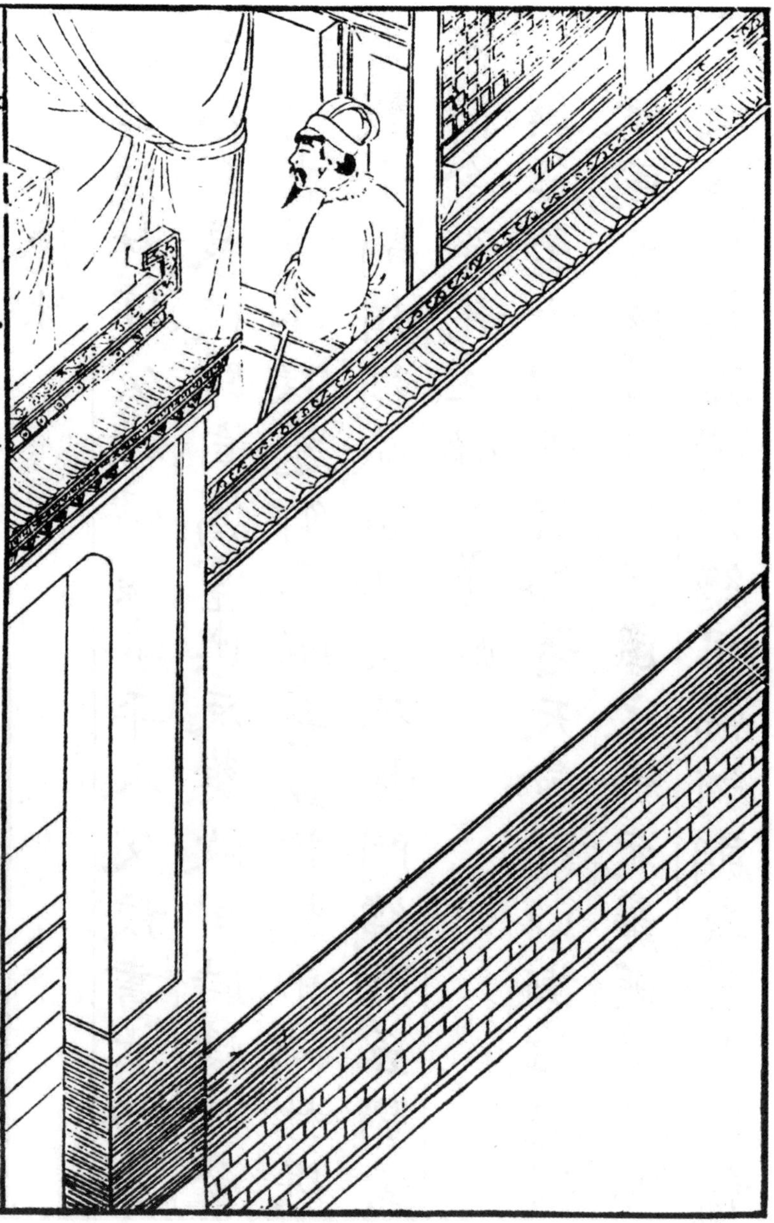

李德林

隋李德林字公輔博陵安平人父校書亡時正嚴冬單衰徒跣自駕靈輿反葬故里時博陵豪族有崔諶休假還鄉車服甚盛將赴弔德林從者數十騎稍稍減留比至德林門纔餘五騎云不得令李先生怪人薰灼

無無居士曰李公輔著天命論以擬班彪况陳國于隗囂且謂防風之戮元龜匪遥孫皓之矦守株難得江總目為河朔英靈魏收稱

為天才識度要之一味儉素其大夲也觀傅
陵豪之減從騎其冷豔寒葩可挹矣

杜黄裳

唐杜黄裳字遵素京兆杜陵人李師古跋扈憚杜黄裳為相未敢失禮命一幹吏寄錢數千緡并氈車子一乘亦直千緡使者未敢遽送於宅門伺候累日有綠輿自宅出從婢二人青衣襤縷言是相公夫人使者遽歸以告師古師古折其謀終身不敢改節

無無居士曰唐至建中元和間師古鴟張於成德承嗣狼顧於魏愽劉闢乕踞於岷峨黄

裳一薦崇文而劒閣之崔嵬夷矣天子銳於用兵河北之藩鎮讋服師古雖跋扈恐朝廷劉闢我也於是遣使京邸要結宰輔將謂苞苴得入所以敵天子之愾者從而中輟矣孰意相門如水竟寢其所獻以歸信乎一汲黯足寢淮南之謀也

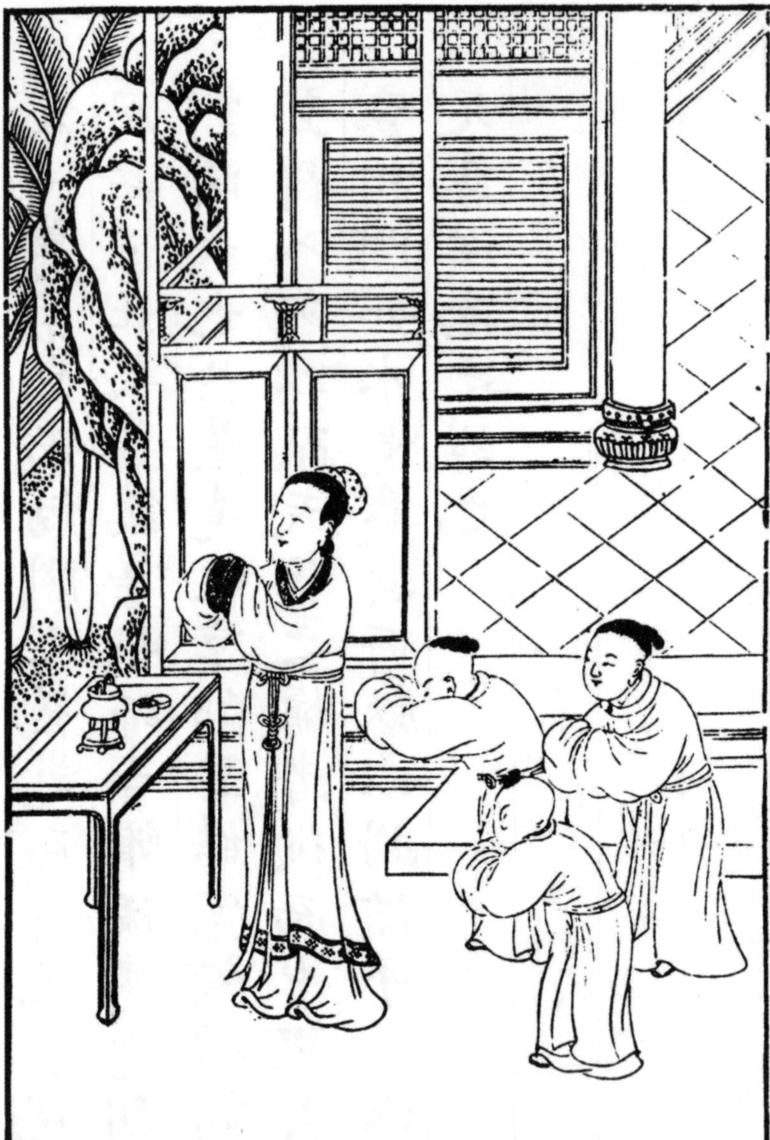

鄭氏

唐鄭氏李景讓母也性嚴明早寡家貧居於東都諸子皆幼母自教之宅後古墻因雨隤陷得錢盈船奴婢喜奔告鄭鄭往焚香祝之曰吾聞無勞而獲身之災也天必以先君餘慶矜其貧而賜之則願諸孤他日學問有成乃其志也此不敢取遽命揜而築之

無無居士曰景讓母可謂善處貧者矣無故之獲有道者之所不取況盈船之錢籍之而

緩急可濟耶乃不以為福而以為菑其所荅天貺者顧諸孤學問有成也既而景讓貴顯而責報於天者若合左券鄭氏知所取哉然以次息不第撻景讓毋乃責效之太急歟是不能無少疵矣

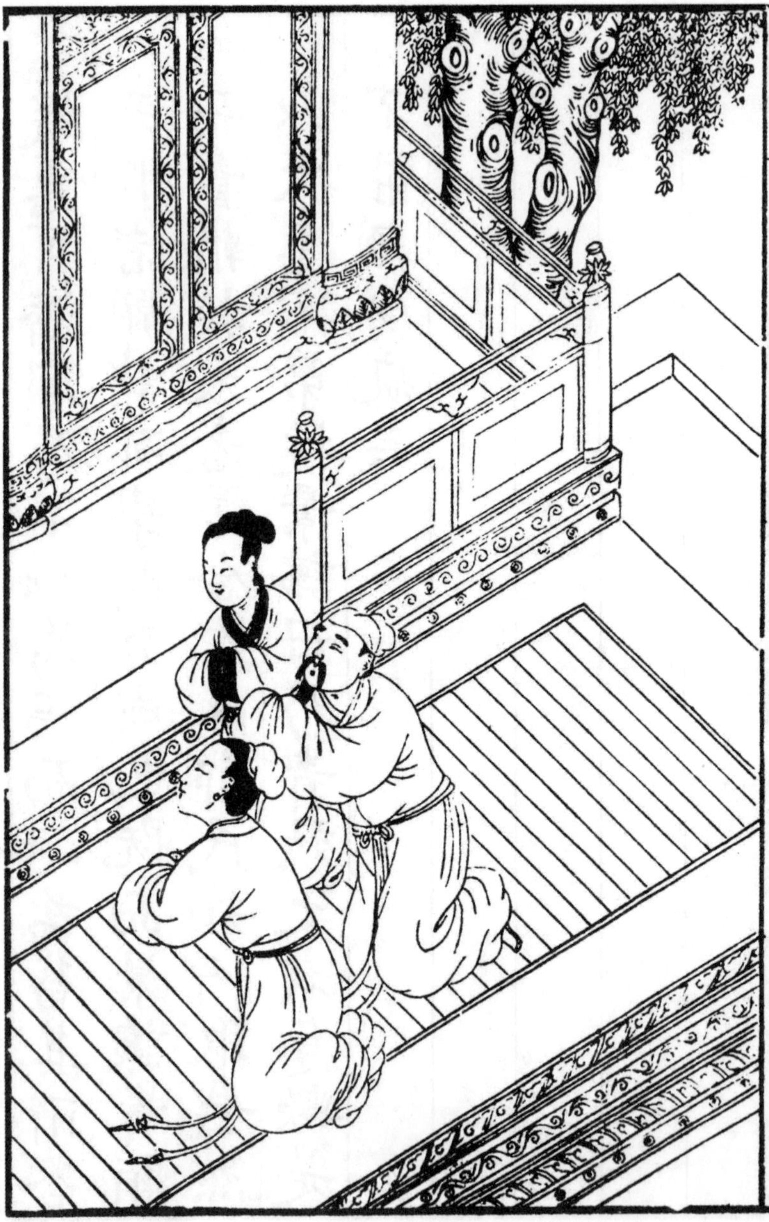

義部

三十四

環翠堂

張詠

宋張詠字復之濮州人西蜀亂後官府多不挈家以行詠知益州單騎赴任是時一府官屬憚張嚴峻莫敢蓄婢使張不欲絶人情遂自買一婢以侍巾幘自此官屬稍稍置姬張在蜀四年被召還闔呼婢父母出貲以嫁仍是處女

無無居士曰張乖崖清不絶俗和不同塵潄貪勉兢遇變能權即下馬三呼寇雷公自莫弗及矣至繩鋸木斷之判竟斬盜賊吏以懲

五季桀驁之風益部所以姦頑盜息者大抵皆其力也出貰嫁娉此小節爾余故論其大者云

義部　人鏡陽秋卷二十

三十六

環翠堂

張知白

宋天聖中張文節知白在政府國封歲時入見莊獻母儀天下見其二侍婢老且陋怪其過自貶約對以丞相不許市妙年者因勑國封密市二少婢或丞相問但言吾意國封遂買二女奴首餙服用不啻三十餘萬一日文節歸第二婢拜於庭文節詢其所自國封具以告從容指旁侍二姬謂夫人曰此二姬乃夫人昔之媵也今出之亦無所歸固當終身於此耳若二妹齒未

踰笄將嫁少年子向去之事固不可知若今守一老翁甚無謂也雖然太后聖慈垂愍然其之志豈可渝也他日入見宜以此懇敷奏遽召宅老呼二婢之父兄對之折券并衣著首飾與之婢為嫁資謂曰若更顧於人必當送府勘罪

無無居士曰功成名立放意于聲色者有之故投刺權門驅車戚里無非為悅耳目娛心志謀也張文節身居政府妻通禁籍太后勅買二姝雙環稚齒左右朝夕退老醜而進治

容誰不憐之乃文節折券歸其家仍令老婢侍房帷甘盧仝之赤腳無齒者豈不閨壼之清正哉

張孝基

宋張孝基娶同里富人女富人只一子不肖斥逐之富人病且死盡以家財付孝基與治後事如禮久之其子丐於塗孝基見之惻然謂曰汝能灌園乎荅曰如得灌園以就食何幸孝基使灌園其子稍自力孝基憐之復謂曰汝能管庫乎荅曰得灌園已出望外況管庫乎又何幸也孝基使管庫其子馴謹無他過孝基徐察之知其能自新不復有故態遂以其父所委財產歸

之其子自此治家勵操為鄉閭善士不數年孝基卒其友數輩遊嵩山忽見旌幢騶御滿野如守土之臣竊視專車者乃孝基也驚喜前揖詢其所以致此孝基曰吾以還財之事上帝命主此山言訖不見

無無居士曰富人不肖其子而賢其婿孝基使孝基不策其子而造就之不返其財而封植之豈曰能賢令能灌園則灌園之能營庫則管庫之達之入於無疵則挈其家以還之

是能光昭乃翁之令德信賢矣哉生作上柱

國死為活閻羅或有之矣

一覽易知錄二

環翠堂

劉留臺

宋劉晉臺自少極貧專事趨謁一日與其子同往泉州謁親表徐司戶到泉州而司戶對移他郡復徒步歸至潼泉市買浴堂中拾金一袋浴畢託疾臥堂中不去冀早有一人號泣而至自言為商於外八年只收拾得金八十五片昨晚醉中携到此浴浴罷乘月行三十里始覺不見公遂舉以還之以數片遺公公一無所受及還鄉人薄之責以拾金不能營生公答以平生賦

分止合如此若掩他人物為已有必有禍灾彼人辛勤所積一旦失去其害有不可勝言者吾是以還之惟安分以畢餘生耳未幾父子同膺鄉薦一舉登第官至西京留臺

無無居士曰方劉留臺未遇時鄉人以貧厭之雖留臺亦居然自貧也夫貧而達生強於為義乃留臺之義本於達胡強耶其還金守困見薄自陳蓋裴中立之流云爾雖然以留臺之積慮而身後並光顯為善者勸矣

林積

宋林積南劍人少時入京師至蔡州息旅邸既臥覺床第間有物逆其背揭席視之見一布囊其中有錦囊又其中則綿囊實以北珠數百顆明日詢主人曰前夕何人宿此主人以告乃巨商也林語之此吾故人脫復至幸令來上庠相訪又揭其名於室曰某年某月日劍浦林積假館遂行商人至京師取珠欲貨則無有急訟故道處處物色之至蔡邸見其榜即還訪林於上

庠林具以告曰元珠俱在然不可但取可投牒府中當悉以歸商如其教林詣府盡以珠授商府尹使中分之商曰固所願林不受曰使積欲之前日已為己有矣秋毫無所取商不能強

無無居士曰拾遺還財事如香山類古之人多有林積獲珠榜其假館而令失主物色之其囊空四海之懷可挹矣雖然必投牒於府而後授抑慎之耶猶好名耶以林積而不謂之好名則可將不得謂之好義也乎哉

許衡

元許衡字平仲河內人嘗暑中過河南暍甚道有梨衆爭取啖之衡獨危坐樹下自若或問之曰非其有而取之不可也人曰世亂此無主曰梨無主吾心獨無主乎衡家貧躬耕粟熟則食粟不熟則食糠覈菜茹處之泰然謳誦之聲聞戶外如金石財有餘即以分諸族人及諸生之貧者人有所遺一毫弗義弗受

無無居士曰劉靜脩退齋記恥許魯齋仕元

則魯齋不滿於儒流可知然文獻所以不墜者賴其力也其學自謹獨始大而利祿不可誘至一介之小亦不肯苟蓋主人翁恒惺惺人欲淨盡天理常著見焉即渴甚而不取道上梨者慎微之學不以無主而掩取也可以見太空晴雲之心

陶仕成

國朝會稽陶氏簪纓相繼為望族其始著曰諧嘉靖初贈兵部尚書謚莊敏者也諧四世祖曰仕成者當正統時以富民供大璫阮某其後阮倉卒被命入意不測密名成以積六十金托之成持金歸扱井中居數年阮竟死成出井中金走白守吳某守曰金無知者爾金也盡取諸成固謝會歲饑悉散以賑鄉人以是稱陶長者後數十年卒有莊敏至今彌熾彌昌人以為皆成

所種云

無無居士曰中貴人金非魚肉百姓即鼠竊公府陶仕成受阮璫寄即投於井中已弗視為己有矣及璫敗竟散金以賑貧乏歛於閭閻者復還於閭閻阮與井不過作外府而已矣仕成飄然視為浮雲也其世簪纓復奚疑

尹氏

國朝應城尹氏家貧無資賣糕以為活一日息于道陰客有啗糕者會天大暑解鞍飲馬脫衣而休已乃馳馬去之遺囊馬尹氏擧之弗勝知其白金也窖徙而覆之瞑不見人乃以錫金裝金坎土埋之植柳為表客故山西大駔也行賈以萬計已乃稍稍折閲收其餘僅五六百金圖返其家業已失之不敢復見其父母妻子遂流丐於外越數年柳且拱矣客復過故處尹氏亦

仍責糕不復省識也客乃據地而慟尹氏曰何慟也客語之故益悲不自止尹氏訊其所遺之金數與其日數皆合謂客曰第無慟若第柳下乎趣之遂趣柳而探之得金焉客乃復慟據地請曰柰何有是乎惟公所取之與我其餘矣尹氏不可曰中分之乎亦不可曰我誠貧也豈其不全掇之之為快而寘取之而中分之乎客不能強乃稽顙申謝而去尹氏夜夢神語貽以貴子彌月而生子旻已而舉進士為吏部天官

無無居士曰賣糕微業也而尹氏起家此豈誠壹所致哉夫纖嗇筋力不過治生之正道至於陰德所施者隆有非治生所得而拘者埋金植榔榔且拱矣彼失金大駔情何以堪哉一旦得返故物情神洽而家室完誰非尹氏之賜語曰天道無親常與善人其天之所與者歟

義部　人鏡陽秋卷二十

五十三　環翠堂

張二郎

國朝張二郎者松人嘗乞食莫知其所始善泅水伏水中能月餘不食又蹻健不懼死出應募方雙江太府令為哨探數泅水入賊巢得真耗且時時斬倭賊首以献於是有銀牌犒金之賜然性不喜財曰財者害人之物揮手請藏府庫自有用然後請給犒以酒食則受已而賊平帶功應世襲百戶郡縣加以章服勿受妻以伎人勿受唯願乞食于市夜則臥嶽神廟門下嬉嬉

然無憂色也既數年方公復擁旄撫江南訪之得於金剛足下名之徃令領犒金仍唉不受犒以酒食欣然謝而去

無無居士曰蹻健人所有而能善用之者少矣若二郎者可謂善用其技而又能有所不用者耶夫懸賞以待有功功成而酬之即舒朱拖紫亦不云浮乃二郎一切謙之甘老於金剛足下前功殆若忘之較于趙廝養與庚郡卒又超然矣

柳仲益

皇明天順中吳邑柳仲益憲副柳彥暉子也父初任監察御史嘗貸嘉興文陸公路銀五十兩父故而繼以閩冦作亂朝廷坐其人以不武之罪仲益謫戍遼東後遇國恩歸吳而公路已作古人矣仲益生殖僅存贏餘欲償其物或曰既無文券亦無人坐守固矣哉仲益曰先君為此吾嘗知矣使負之則吾先君泉下何以見公路而吾百年後何以見先君乎遂覓公路子偕詣

其墓眞畢出是物授其子子固辭仲益乃訴嘉興郡議是物營理其墓焉仲益遺家不造而獨為此士論賞之

無無居士曰上義舒心次義舒物舒不出於自然雖還貲不得為舒心心者不文券而固不再世而泯幽明合一也柳仲益之還貲殆不以幽明而變者歟

卷二十終

人鏡陽秋卷二十一

明新都無無居士汪廷訥昌朝父編

義部

義門類

無無居士曰門内之治恩掩義恩豈别屬哉宜於恩即義也古人内則弟子職無不閑者何曾恩勝故義方之訓庭誥之文於教甚嚴斯衆著於父子昆弟夫婦之倫矣是以義勝者不爲傷恩兹首列焉

石碏

春秋隱公三年衛莊公子州吁嬖人之子有寵而好兵公弗禁石碏諫曰臣聞愛子教之以義方弗納于邪公弗聽碏之子厚與州吁遊四年州吁弒桓公而自立未能和其民石厚問定君於石子石子曰王覲為可陳衛方睦若朝陳使請必可得也厚從州吁如陳石碏使人告於陳曰此二人者實弒寡君敢即圖之陳人執之衛人使右宰醜殺州吁于濮石碏使其宰獳羊肩

殺厚於陳君子曰石碏純臣也惡州吁而厚與馬大義滅親其是之謂乎

無無居士曰自古驕子未有不敗者衛莊縱其子而弗禁石碏禁其子而不可豈真耄矣無能為耶至借力於陳以誅州吁并及其子可謂能權又何不可為也君子以大義許之非社稷臣能如是乎

義部　人鏡陽秋卷二十一　四　環翠堂

萬石君

漢萬石君石奮趙人也孝景即位奮爲九卿徙諸侯相奮長子建次甲次乙次慶皆以馴行孝謹官至二千石因號奮爲萬石君孝景季年萬石君歸老于家子孫爲小吏來歸謁萬石君必朝服見之不名子孫有過失不誚讓爲便坐對案不食然後子孫相責因長老肉袒謝改之乃許子孫勝冠者在側雖燕必冠申申如也僮僕訢訢如也上時賜食于家必稽首俯伏而食如

在上前其執喪哀戚甚子孫遵教亦如之萬石
君家以孝謹聞乎郡國建元二年竇太后以為
儒者文多質少今萬石君家不言而躬行迺以
長子建為郎中令少子慶為內史建老白首萬
石君尚無恙每五日洗沐歸謁親入子舍竊取
中帬廁牏身自澣濯復與侍者不敢令萬石君
知之以為常建奏事上前屏人言極切至廷見
如不能言者上以是親而禮之內史慶醉歸入
門外不下車萬石君聞之不食慶恐肉袒謝罪

不許舉宗及兄建肉袒萬石君讓曰內史貴人入閭里里中長老皆走匿而內史坐車自如固當乃謝罷慶慶及諸子入里門趨至家萬石君卒建哭泣哀思杖迺能行歲餘建亦卒諸子孫咸孝

無無居士曰竇太后謂石家不言而躬行其教不肅而成以此稱為長者可也若居官理民恐犯土木之誚班氏謂石奮之澣衣周仁為垢汙君子並譏之則太后所謂不言母乃

無之而不言者歟至舉之以詆吾儒恐儒者之效不然哉

義部
七
環翠堂

陶侃母

晉陶侃字士行少有大志家酷貧與母湛氏同居同郡范逵素知名舉孝廉投侃宿于時氷雪積日侃室如懸罄而逵馬僕甚多湛氏語侃曰汝但出外留客我自為計湛頭髮委地下為二髲賣得數斛米斫諸室柱悉割半為薪剉諸薦以為馬草日夕遂設精食從者皆無所乏逵既歎其才辯又深愧其厚意明旦去侃追送不已且百里許逵曰卿可去矣至洛陽當相為美談

侃乃迓逵及洛遂稱之於羊晫顧榮諸人大獲美譽侃少時作魚梁吏嘗以坩鮓餉母母封鮓付使反書責侃曰汝為吏以官物見餉非惟不益乃增吾憂也

無無居士曰陶母截髮事世皆哆言之然未免買聲名於天下也此不足詫惟封鮓侍還貽書遠責此足以遊揚江表嚴哉慈母之懿範矣余觀元規無過雷池一步語而士行幾致朝廷之疑又非貽母憂哉

義部 卷二十一 九 環翠堂

庾袞

晉庾袞字叔褒潁州鄢陵人勤儉篤學事親以孝稱二兄俱疫亡次兄毗復殆父母諸弟皆出次于外袞獨留扶持晝夜不輟毗病得差袞亦無恙初袞諸父並貴盛惟父獨守貧約袞躬親稼穡以給供養而執事勤恪與弟子樹籬跪以授條或曰今在隱屏而生何恭之過袞曰幽顯易操非君子之志也父亡作筥賣以養母母見其勤曰我無所食對曰母食不甘袞將何居母

感而安之孤兄女曰芳將嫁美服既具衮乃刈荊茗為箕箒召諸子集之於堂男女以班命芳曰芳乎汝少孤汝逸汝豫不汝疵瑕今汝適人將事舅姑灑掃庭內婦之道也故賜汝此齊王冏之唱義也張泓等肆掠於陽翟衮乃率其同族及庶姓保于禹山誓之曰無恃險無怙亂無暴鄰無抽屋無樵採人所植無謀非德無犯非義勠力一心同恤危難衆咸從之於是繕完器備量力任能號令不二上下有禮少長有儀及

賊至衰乃勒部曲皆持滿勿發賊挑戰旻然不動且辭焉賊服其慎而畏其整是以皆退如是者三後乃携妻子適林慮山

無無居士曰世賢庚対褒者惟曰孝友爾其雄豪智計處亂而若履平者一孝友之顯設也夫張泓之肆掠如曳風雨其搏祕如組亦如掉蝟其盤鋒如輪亦如積環誰敢攖之庚惟持滿不發且致其言賊服更畏而退家族獲保復入林慮山豹隱虵藏明哲君子哉

楊津

北齊楊津字羅漢弘農華陰人兄播華州刺史
椿累官太保津至司空家世純厚並敦義讓兄
弟相事有如父子旦則聚於廳堂終日相對未
嘗入内有一美味不集不食廳堂間幃幔隔障
為燕息之所時就休偃還共談笑椿年老他處
醉歸津扶持還室仍假寢閤前承候安否椿津
年過六十並登台鼎津嘗旦暮參問子姪羅列
階下椿不命坐津不敢坐椿每近出或日斜不

至津不先飯椿還然後共食食則津親授匙箸
味皆先嘗椿命食然後食初津為肆州椿在京
每四時佳味輒因使次附之若或未寄不先入
口一家之内男女百口緦服同爨庭無間言魏
世以来唯盧陽烏兄弟及播昆季當世莫逮焉
無無居士曰嘗聞積善之家必有餘慶若弘
農楊氏非所謂積善家歟柰何覆族哉夫以
不作熱官之王晞尋獵高演於寶昂故嫌隙
冉生楊愔復不免即婁太后之哭嗟無及矣

忠而被戮慶于何有為善者豈不怠耶然崔
浩沽直以鬬暴虜世以仕夷為戒楊氏雖孝
友殆犯茲戒哉

張公藝

唐張公藝東平壽張人九世同居北齊隋唐皆旌表其門麟德中高宗封泰山幸其宅召見公藝問其所以能睦族之道公藝請紙筆以對乃書忍字百餘以進其意以為宗族所以不協由尊長衣食或有不均卑幼禮節或有不備更相責望遂為乖爭苟能相與忍之則家道雍睦矣

無無居士曰門內之治恩掩義公藝之理家忍可也若朝廷為政事之本宮闈謟肅雍之

地非嚴以居之斷以行之弱而不振矣忍惡乎可高宗之家武氏踐暈翟矣狐媚惑主蛾眉肆妬復可忍乎百忍之書金龜換金魚之釁兆也哀哉

義部

人鏡陽秋卷二十一

十七

環翠堂

柳公綽

唐河東節度使柳公綽在公卿間最名有家法中門東有小齋自非朝謁之日每平旦出至小齋諸子仲郢皆束帶晨省於中門之北自旦至暮令子弟執經史躬讀一過乃講議居官治家之法至人定鐘鳴然後歸寢諸子復昏定於中門之北凡二十餘年未嘗一日變易公綽妻韓氏相國休之曾孫家法嚴肅儉約歸柳氏三年處少長未嘗見其啟齒常衣絹素不用錦繡常

以粉苦參黃連熊膽和為丸賜諸子每永夜習學含之以資勤苦其後仲郢以禮自守居家無事亦端坐拱手出內齋未嘗不束帶三為大鎮廐無良馬衣不薰香公退必讀書手不釋卷

無無居士曰唐柳氏以字著誠懸心與元和手是已然柳子寬之家範與韓夫人之熊丸若厭家雞而繩諸子於禮度者故一時仲郢輩皆以禮自守閨門肅如也所謂河東獅吼者渺乎未之聞宜追跡公藝而冠蓋超之

義部

人鏡陽秋卷二十一

十九

環翠堂

韓億

宋韓億字宗魏開封人謚忠獻公教子嚴肅不可犯知亳州第二子舍人自西京倅謁告省覲康公與右相及侄柱史宗彥皆中甲科歸公喜置酒召寮屬之親厚者俾諸子坐於隅惟持國多深思知必有義方之訓託疾不赴坐中忽云二郎吾聞西京有疑獄奏讞者其詳云何舍人思之未得已訶之再問未能對遂推案索杖大詬曰汝食朝廷厚禄倅貳一府事無巨細皆當

究心大辟奏案尚不能記則細務不舉可知吾在千里外無所干預猶能知之爾叨冒廪祿何顔報國必欲撻之衆賓力解方已諸子股栗累日不能釋家法之嚴如此所以多賢子孫也

無無居士曰韓忠獻家範嚴肅子侄列朝恭者並輸忠鯁盖教孝即所以教忠而事君不外乎資父其一時勳貴無兩有由哉然程子嘗稱持國服義乃自外於索杖之外何耶

吴庠妻

宋吴庠妻謝氏其子名賀賀與賓客言及人之長短夫人屏間竊聞之怒笞賀一百或解夫人曰臧否士之常忍笞之若是夫人曰愛其女者必取三復白圭之士妻之今獨産一子使知義命而出語忘親豈可久之道哉因涕泣不食賀由是恐懼謹默

無無居士曰賀母謝氏可謂知義命矣夫出語傷人是謂忘親臧否人物是曰好鬬則賀

馬得逃毋之笞耶昔方圭好譏人有客聯句云妖鳥啼春不避人幾至于毆又陸其亦縱舌端客有咏蟬詩云莫倚高枝縱繁响也應回首顧螳螂陸有怍色二者並愧於賀母云

陸子靜

宋陸九淵字子靜號象山家於撫州金谿累世義居一人最長者為家長一家之事聽命焉逐年選差子弟分任家事或主田疇或主租稅或主出納或主厨爨或主賓客公堂之田僅足給一歲之食家人計口打飯自辦蔬肉不合食私房婢僕各自供給許以米附炊每清曉附炊之米交至掌厨爨者置曆交收飯熟按曆給散賓至則掌賓者先見之然後白家長者出見款以

五酌但隨常飯食夜則巵酒杯羹雖久留不厭每晨興家長率衆子弟致恭於祖禰祠堂聚揖於廳婦女道萬福於堂暮安置亦如之子弟有過家長會衆子弟責而訓之不改則撻之終不改度不可容則告於官屏之遠方晨揖擊鼓三疊子弟一人唱云聽聽聽勞我以生天理定若還懶惰必飢寒莫到飢寒方怨命虛空自有神明聽又唱云聽聽聽衣食生身天付定酒肉貪多折人壽經營太甚違天命定定定

無無居士曰子靜之學以涵養爲主翁每欲絕去意見今觀其閑家之道未免意見幹事豈朱子所謂正意見不可無耶故晨揖之唱喻者皆以天理天命之素定惟欲循之以出入而已惰則棄天而不能入違則逆天而不免出惟一警省而主人翁常定則忽出忽入一無出無入者爲之也此閑家之本歟

二十五

覽揚大夫

襄陽堂

鄭濟

國朝浦江鄭氏自其祖綺教子孫勿異爨至濟傳十世矣食指至千餘人田賦各有所司凡出納雖絲毫咸有文可覆無敢私諸婦惟事女工不使與家政子孫馴行孝謹執親喪哀毀三年不御酒肉家畜兩馬一出則一為之不食其家僮施慶親喪哀泣不輟亦三年不御酒肉其所感如此

無無居士曰余觀綠雪亭記江浦鄭氏廳事

中榜曰孝友堂建文君之筆也一日忽墜因
撤之或誣建文君匿其家遣使廉之莫可踪
跡事聞乃斬誣者于以見孝友之家鬼神實
陰隲之也因述之其他孝義具咏元人吴伯
尚詩

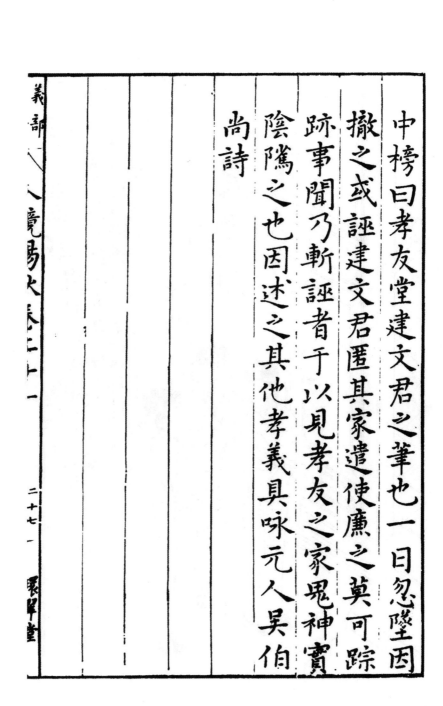

人錢隨手卷二十一

竟陽火柔〔二〕

二十八一　環翠堂

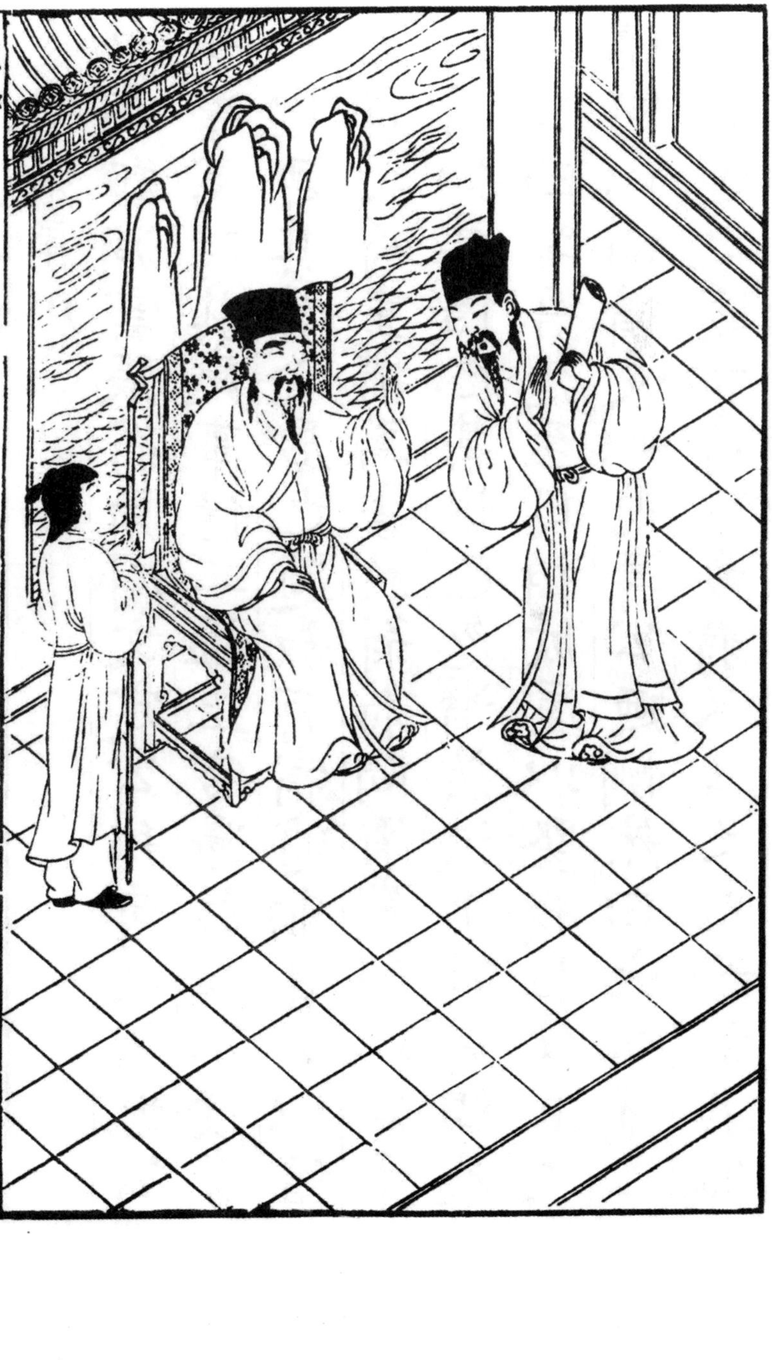

張甬川

皇明鄞洞雲張翁甬川文定公邦奇之父也公爲學憲時其廳事僅二楹上官過訪頗不便旁一楹迺其叔之居也適叔有宿逋願售公以倍價買之將重搆焉告於翁翁問價幾何以若干對翁知其倍也甚悅已忽潸然淚下公訝問故翁嘆曰嘻吾想至日拆彼屋以竪我柱使其夫婦何以爲情是以悲耳公迺惻然曰大人寬心兒當還之遽抽身取券翁又止之曰毋計其銀

已隨手償人去矣將若之何公曰第併其價不取可也翁迺欣然曰若然慰我甚矣

無無居士曰凡情詎不割其第以私其子者惟甬川張公不然聞子倍價第地而有不忍即折券以還而猶有不安竟併其價不索而後雀躍以喜也何其心之屢變而頓方解乎蓋自閱墻之詩詠而冒財以殘者多矣獨異夫偪隘甘自縮仍分宅以處天親然後為快猶之夫鶺鴒之詩也已

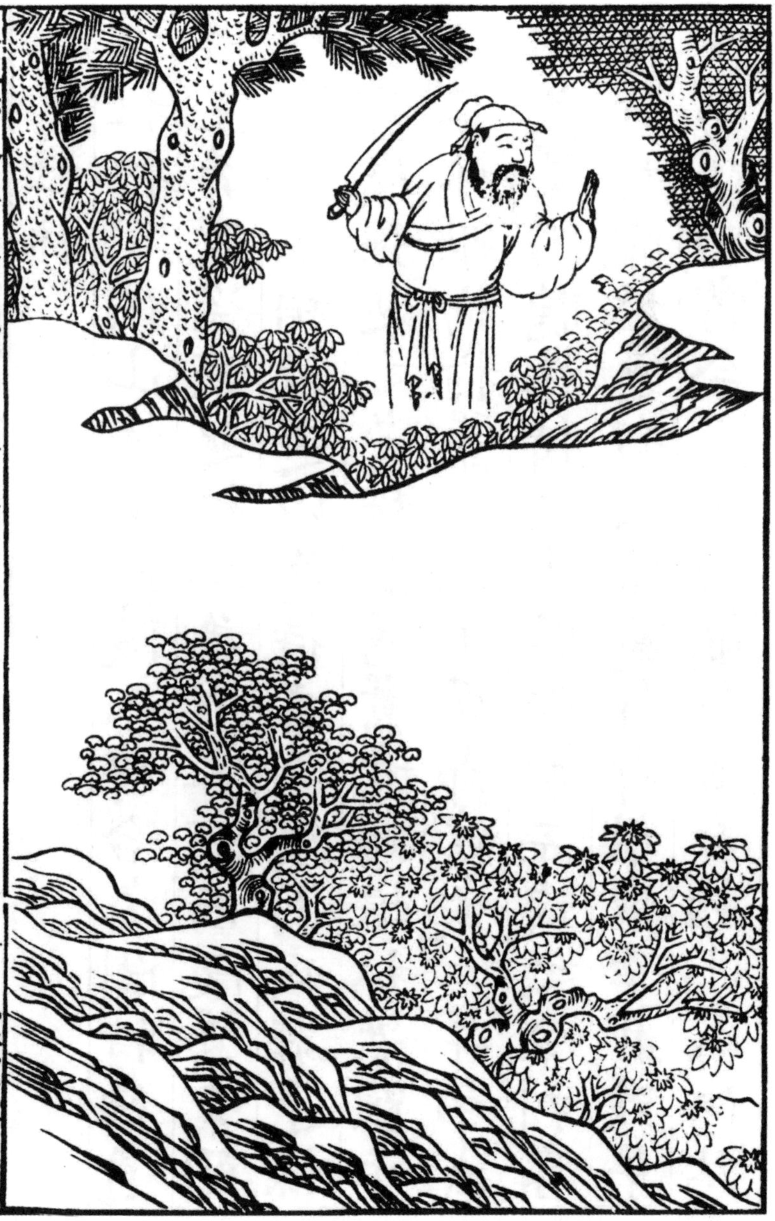

杜林

漢杜林字伯山扶風茂陵人博洽多聞時稱通儒王莽敗盜賊起林與弟成客河西隗囂素聞林志節深相敬道以為持書平後因疾辭還禄食囂復強起之遂稱病篤囂意雖恨林然猶示優容林雖拘於囂而終不屈節建武六年弟成物故囂乃聽林持喪東歸既遣而悔之令刺客楊賢於隴坻遮殺之賢見林身推鹿車載致弟喪乃嘆曰當今之世誰能行義我雖小人何忍

無無居士曰范蔚宗謂臧彊以自禦力損則身危飾詐以圖已詐窮則道屈而忠信篤敬蠻貊可行誠哉是言也杜林身挽弟喪獲免刺客之難身不危而道不屈以行義保身者歟夫方望與杜林皆辭隗囂者也望托龍池之山有異人乃至立劉林為天子囂何不以刺林者刺望哉林無愧矣而望不免為西川強魄所笑

薛包

東漢薛包字孟嘗汝南人好學篤行以至孝聞父娶後妻而憎包分出之包日夜號泣不去至歐朴不得已廬於舍外旦入灑掃父怒又逐之乃廬於里門晨昏不廢積歲餘父母慚而還之及父母亡弟子求分財異居包不能止乃中分其財奴婢引其老者曰與我共事久田產取其荒頓者曰吾少時所治意所戀也器物取其朽敗者曰我素所服食身口所安也弟子數破其

家產輒復賑給安帝聞其名令公車特徵至拜侍中乞以死自乞詔賜歸賜穀一千斛

無無居士曰孝爲百行之本兄弟親之枝也世未有培其本而批其枝者故念鞠子之哀正所以篤天親之懿若薛孟嘗自癠分財而不死其親可知已推斯志也即欲常廬里門晨昏入省有不可得者茲心更慼故子弟之破家親志戚矣賑之者行親志也

李文姬

漢李固既策罷知不免禍乃遣三子歸鄉里時燮年十三姊文姬為同郡趙伯英妻賢而有智見二兄歸具知事本默然獨悲曰李氏滅矣密與二兄謀豫藏匿燮有頃難作下郡收固三子二兄受害文姬乃告父門生王成曰君執義先公有古人之節今委君以六尺之孤李氏存滅其在君矣成感其義乃將燮乘江東下徐州界內令變姓名為酒家傭而成賣卜於市陰相往

来爕往從學酒家異之意非常人以女妻爕爕専精經學十餘年閒梁冀既誅而灾眚屢見明年史官上言宜有赦令於是大赦天下幷求固後嗣爕乃以本末告酒家酒家具車重厚遣之皆不受遂還鄉里追服姊弟相見悲感傍人既而戒爕曰先公正直爲漢忠臣而遇朝廷傾亂宗族血食將絶今弟幸而得濟豈非天耶宜杜絶衆人慎無一言加於梁氏唯引咎而已爕謹從其誨後王成卒爕以禮葬之感傷舊恩每四

節爲設上賔之位而祠焉

無無居士曰當漢安建初之間國統三絶帷
幄稱制權姦狼噬李固屡䇿正辭援書梁冀
即㡬失謀垂猶戀戀不已惜哉酷釀家禍乃
文姬早識釁端預謀延嗣賴王成篤義將寄
南徐釁解歸鄉受戒引咎嗚呼天於善人續
之既絶之之餘乃殺身成仁之效也胡廣趙戒
今竟何在

覽陽火長二十一

三十六　一　環翠堂

義部　人鏡陽秋卷二十一　三十七　環翠堂

郗鑒

晉郗鑒字道徽高平金鄉人以儒雅著名值永嘉喪亂在鄉里甚窮餒鄉人以公名德傳共飴之公嘗攜兄子邁及外甥周翼二小兒往食鄉人曰各自飢困以君之賢欲共濟君耳恐不能兼有所存公於是獨往食輒含飯著兩頰邊還吐與二兒後並得存同過江郗公亡翼為剡縣解職歸席苫於公靈床頭心喪終五年

無無居士曰郗道徽緯有儒雅柔而克正協

德始安世稱連璧永嘉值喪亂之運撫幼著
含飯之慈豈惟分甘絶少抑乃啜蒸茹荼方
冊踵武可謂奕世清白矣及超爲入幕之賓
是餒天厨而忘乃祖之傳饘也省遺文而綴
哭剩有大義之風乎

元德秀

唐元德秀字紫芝河南人性純朴貧時其兄早亡有遺孤朞月其嫂又喪無乳哺之紫芝晝夜哀號抱其子以己乳含之涉旬潼流遂得長大兄子能食其乳方止

無無居士曰元紫芝一代名流天親性篤兄嫂繼殞呱呱遺孩貧難顧乳乃己乳之而潼流獲濟嗚呼異哉胡天絕其所生而不絕其所以生耶故人以得膽紫芝眉宇為幸若乳

下侄者豈不幸之尤幸歟

杜衍

宋杜衍字世昌越州人前母有二子不孝悌其母改適河陽錢氏祖母卒衍年十五六二兄遇之無狀至引劒斫之傷腦出血數升其姑匿之僅而得免乃詣河陽歸其母繼父不之容往来孟洛間貧甚傭書以自資嘗至濟源富民相里氏奇之妻以女由是資用稍給舉進士殿試第四及貴其長兄猶存待遇甚有恩禮二兄及錢氏姑氏子孫受公蔭補官者數人仍皆為之昏

嫁

無無居士曰杜祁公幼遭家艱其母奪志二兄前母所出每不之容乃就生母又不爲繼父所容既以就兄兄愈厭復以就母人愈踈其殆以人母寄吾身則豈不得以其母以寄身者乎則病者乎噫無所從及貴而以其身爲兄寄且庇及其子孫盛德哉

鏡陽秋卷

趙彥霄

宋政和間温人趙彥霄兄弟二人父母服闋後同爨十二年兄彥雲惟聲色慱奕是娛生業壞已踰半彥霄諫之不入遂求析籍及五年而兄之生計蕩然矣公私逋負尚三千餘緡彥霄因除夕置酒邀兄嫂而告之曰向者初無分爨意以兄用度不節恐皆蕩盡俱有饑寒之憂今幸留一半亦足以給伏臘兄自今復歸中堂以主家務即取分書付之火管籥之屬悉以付焉因

言所少逋負己儲錢償之兄初有慚色不從不得已而受之鄉人大敬服之

無無居士曰篤於義者薄於財其中間有畜財處正委曲以全義也若溫人趙彥霄是已兄蕩產求分財以迹論若私於己不知己為兄儲矣及兄計無聊乃盡歸之而分財之心以遂豈但脫然於分合之際亦且確然致懲戒之私嗚呼義哉

梁鴻妻

後漢梁鴻妻者同郡孟氏之女其姿貌甚醜而德行甚脩鄉里多求者而女輒不肯行年三十父母問其所欲對曰欲節操如梁鴻者時鴻未娶扶風世家多願妻者亦不許聞孟氏女言遂求納之孟氏盛飾入門七日而禮不成妻跪問曰妾聞夫子高義斥數妻妾亦已偃蹇數夫今來而見擇請問其故鴻曰吾欲得衣裘謁之人與共遁世避時今若衣綺繡傅黛墨非鴻所願

也妻曰竊恐夫子不堪妾幸有隱居之具矣乃更麤衣椎髻而前鴻喜曰如此者誠鴻妻也字之曰德曜名孟光自名曰運期字俟光共遯逃霸陵山中此時王莽新敗之後也鴻與妻深隱耕耘織作以供衣食誦書彈琴忘富貴之樂後復相將至會稽賃舂於臯伯通家雖雜庸保之中妻每進食舉案齊眉不敢正視以禮脩身所在敬而慕之

無無居士曰孟光擇配而得梁鴻高其義也

夫鴻之義誠高五噫之作幾爲明哲之累其將妻子而遊吴者固所以逃名亦所以逃禍也至臯伯通之義亦可嘉矣舉案齊眉孟光自盡婦道爾伯通即識其非傭僦舘而禮之惜哉世之伯通故鴻至此爾然要離墓畔逸人與烈士同高名垂不朽何恨哉

孫泰

宋孫泰山陽人少師皇甫潁守操頗有古賢之風泰妻即姨女也先是姨老以二女為托曰其長幼損一目汝可娶其女弟姨卒泰娶其姊或詰之泰曰其人有癈病非泰何適衆皆服泰之義

無無居士曰劉庭式及第後所預定鄉人女病目皆盲竟娶與之偕老乃知孫泰已先為之矣夫田舍翁時或易妻則孫劉之遇豈值

十斛麥竟守義終身而免白頭之嘆亦無唾
井之嫌尚德哉若人彼以好色好德者弗若
之矣

姚雄

宋姚雄初爲将以女議定一寨主子無何寨主物故妻及子皆淪落後雄以邊帥赴闕奏計一嫗浣衣喜其有士人家風問所從来嫗云昔良人守官邊寨有将姚其姓者許以女歸妾子今㚖既喪無以自存方貨餅餌以自給姚曰爾尚記形容否嫗曰流落困苦不復省記姚曰雄是也女自許歸之後不與他族日望壻来豈以父之存沒爲間耶嫗泣下氣咽不語久之曰晋嫗

并其子易以新衣俱載還鎮遂畢其禮

無無居士曰姚雄束髮而為邊將所習者策騊駼數鹵首獲生以捷鬪爭功能而已矣若守信不負初心非所望之賢矣姚雄不負浣嫗於剥落之日載其母子以歸俾遂委禽之禮焉嗚呼陳王悵望動隔攬轡之歧江妃凝睇終膺解佩之願亦良遘哉

劉方

國朝劉方軍人也年甫十二三為僞男子從父返故鄉父客死於河西務蒙村劉叟家遂不變形為劉氏子改名劉方越二年山東張湫人劉奇遇難於此地劉異其同姓收為長子奇諳書史因以教方方亦精於翰墨又一年叟夫婦咸卒奇欲議婚乃托燕題詩曰營巢燕雙雙雄朝暮辛勤巢始成若不尋雌奇巧卵巢成必竟窠還空方見而和之曰營巢燕雙雙飛天設雌雄

事久期雌兮得雄願已足雄兮將雌胡不知營
巢燕聲呷呷莫使青年空歲月可憐和氏忠且
純何事楚君終不納奇始疑之曰若然弟果木
蘭乎胡不明言方不荅惟含涕而已問之再四
方徐曰妾因母喪同父還鄉恐於途不便故僞
爲男子父沒而妾不改形者欲求致身之所以
安父之柩也幸義父不棄復遇吾兄天作之合
也奇驚喜遂揖就寢方曰非禮也須明日祀告
三墳會親鄰方可奇從議而行是後竟成巨族

號劉方三義家

無無居士曰義有天合有人合有天人合半而若天若人者如楚南代北題紅苑内拾翠洲邉非天合歟若納采問名請期親迎非人合歟其他黄崇嘏之獻詩紅拂妓之變服非天人之相半者歟異哉方氏抱龍陽於桑曼驚脱兎於處女子乎劉翁兒乎劉奇終成三義而方江泳漢敦名南之化也奇哉

卷二十一終

人鏡陽秋卷二十二

明新都無無居士汪廷訥昌朝父編

義部

義合類

無無居士曰君臣朋友皆以義合家之婢僕即國之臣子而義未嘗遺焉故蹈義若赴一切激於淵衷而不容遏龍興雲從虎嘯風生至於彈冠結綬持其阨而恤其後貴賤一視矣噫可合亦可離愼毋至於離哉

馮驩

齊孟嘗君好客時有馮驩貧乏不能自存見之置傳舍居有頃乃彈鋏而歌曰長鋏歸来乎食無魚文遷之幸舍食有魚矣又歌曰長鋏歸来乎出無輿遷之代舍出入乘車矣又歌曰長鋏歸来乎無以為家左右皆惡之以為不知足孟嘗君問馮公有親乎對曰有老母孟嘗使人給其食用於是馮驩不復歌孟嘗問門下客誰能為文收責於薛馮驩署曰能於是臨行曰𣅜責

畢何市而反孟嘗曰視吾家寡有者驩至薛見其貧不能與者悉取劵焚之長驅到齊晨求見孟嘗曰來何疾也何市而反對曰君宮中積金寶狗馬實外廐美人充下陳所寡者唯義耳與君市義而彰君之善聲也孟嘗乃拊手而謝之後期年孟嘗就國於薛未至百里民扶老携幼迎於道中孟嘗謂驩曰先生為文市義乃今見矣

無無居士曰馮驩伏蒯緱彈鋏而歌魚人以

無厭視之而不知其胷中揣摩者皆奇略也夫以孟嘗之家何所不備茍瘠人以肥己一旦齊王易慮民孰與之哉其市義者正所以保家而彈鋏聲中有干霄射斗之氣矣誰謂神物其光芒可掩哉

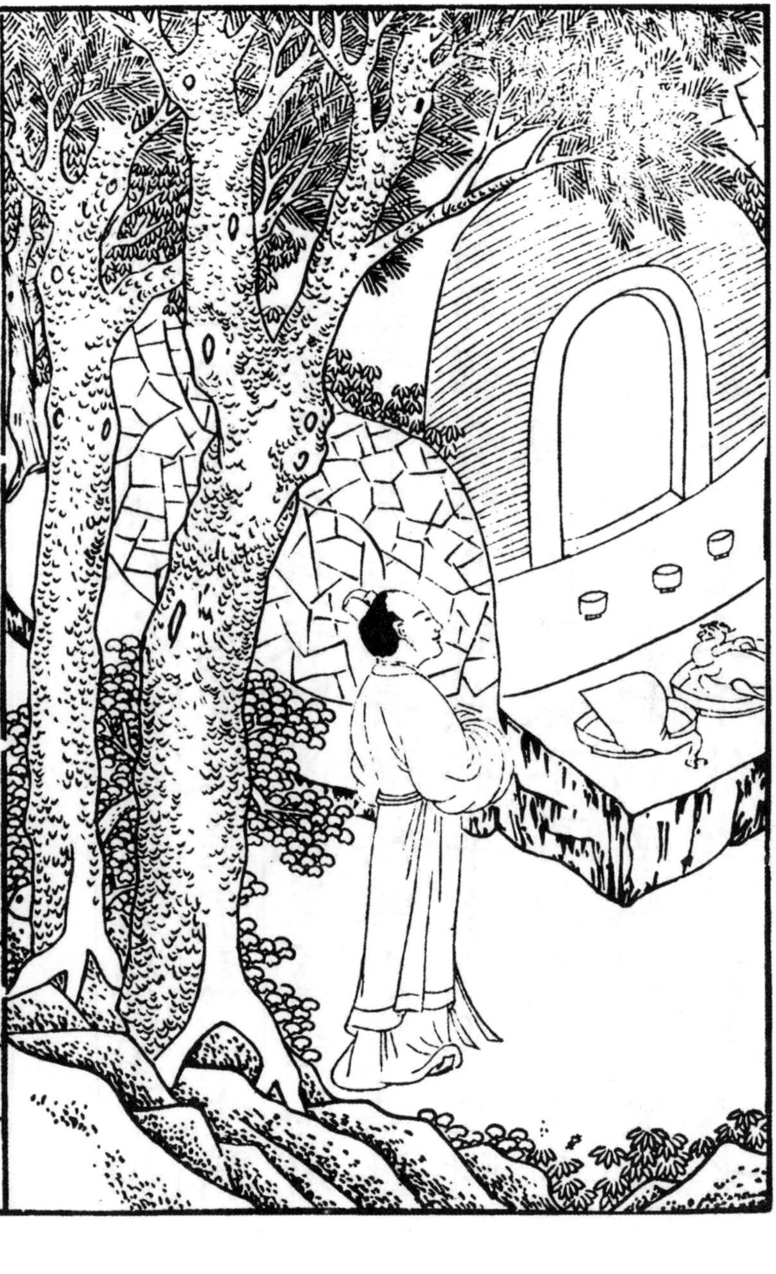

田疇

三國田疇字子春無終人劉虞與公孫瓚不相能各上章互相非毀疇爲虞掾選家客二十騎循間道至長安致命得報馳還比至虞已爲瓚所害疇祭墓發表哭泣而去瓚怒購求獲疇詰之疇有辭乃釋之疇北歸無終率宗族及他附從者數百人盟曰君仇不報不可以立於世遂入徐無山中營深險平敞地而居躬耕以養父母百姓歸之數年間至五千餘家疇謂其父老

曰今衆成都邑而莫相統一又無法制以治之恐非久安之道疇有愚計願與諸君共施可乎皆曰可疇乃為約束凡三十餘條班行於衆衆皆便之道不拾遺北邊翕然服其威信及曹操擊烏桓令疇將其衆為鄉導上徐無山塹山堙谷五百餘里東詣柳城虜衆大潰公孫康斬袁尚袁熙首送操操封田疇為亭侯疇曰吾始為劉公報仇率衆遁逃志義不立反以為利非本志也豈可賣盧龍之塞以易賞祿哉必不得已

請効死列首於前言未卒涕泣橫流操知不可屈乃拜議郎

無無居士曰田子春誼甚高即劉虞之讐不克報乃賣盧龍之塞以爲利者豈其本哉寄跡徐無亦曰此猶劉之首陽爾若斬二袁安公孫而強曹瞞者只是二三君子之成敗於已爲浮雲觀其約束同侶興學制禮自是英雄手段

部

人鏡陽秋卷二十二

八

環翠堂

唐玨

元唐玨字玉潛會稽山陰人當宋亡後時江南僧統楊璉真伽怙恩橫肆嘗帥徒役於蕭山發趙氏諸陵殘斷支體棄骨草莽間玉潛聞之亟貨家具并行貸通得百金具酒醪市羊豕邀里中少年數十輩狎坐轟飲酒酣少年請其故玉潛慘然具以實告少年許諾乃謀取四郊暴骨易之斵文木為匱各署其表分委而散遣之各瘞地以藏俄而楊璉下令裒陵骨雜置牛馬枯

骸中築一塔壓之名曰鎮南然不知諸陵之骨故在也後有傳其事者義風一時震動吳越

無無居士曰唐玉潛盜葬諸陵骨此曠古之義士即首陽餓夫亦未嘗埋太白之懸頭也夫趙宋遺蒙古之變生者斬繞死者暴骸天下敢怒而不敢言幸而玉潛陰以易之彼惡不知計謂得甘心而快意焉嗚呼水繞蘭亭終懷悲咽年年杜宇長哭冬青即有麥飯紙錢何處弔英靈哉因為流涕

義部
十一
環翠堂

郈成子

春秋郈成子自魯聘晉過乎衛右宰穀臣止而觴之陳樂而不作送以寶璧反過而不辭其僕曰日者右宰之觴吾子甚懽也今過而不辭何也成子曰夫止而觴我與我懽也陳樂而不作告我哀也送我以璧寄之我也由此觀之衛其有亂乎行三十里而聞甯喜作難穀臣死之還車以臨三舉而歸反命於君乃使人迎其妻子隔宅而居之分禄而食之其子長而反其璧

夫子聞之曰智可與微謀仁可以托孤廉可以寄財其郈成子之謂乎

無無居士曰郈成子分宅而居右宰妻子千古高其義夫右宰忠臣也政由甯氏祭則寡人此其不可獲罪於兩君而甯喜敢專之則右宰之死死權爾獨異其知郈成宴而陳樂致璧終籍其庇而猶之置璧外庫也斯為智也已郈成不負所托夫子之褒宜哉

季札

吳季札聘魯過徐徐君好季札劍季札心知之為使上國未獻還至徐徐君已死乃解其寶劍繫之徐君塚樹而去從者曰徐君已死尚誰與乎季子曰始吾心已許之豈以死倍吾心哉

無無居士曰季札歷聘上國于魯觀樂于齊說晏于鄭識僑于戚聞鍾于衛多君子于晉戒肸並皆論心然而未有不憮者獨心許於徐君者尚未酬也乃掛劍於墓而去之夫季

札應聘為逃吳也遜而不已至魚腸竊嘆鳴呼何不并其劍而掛之

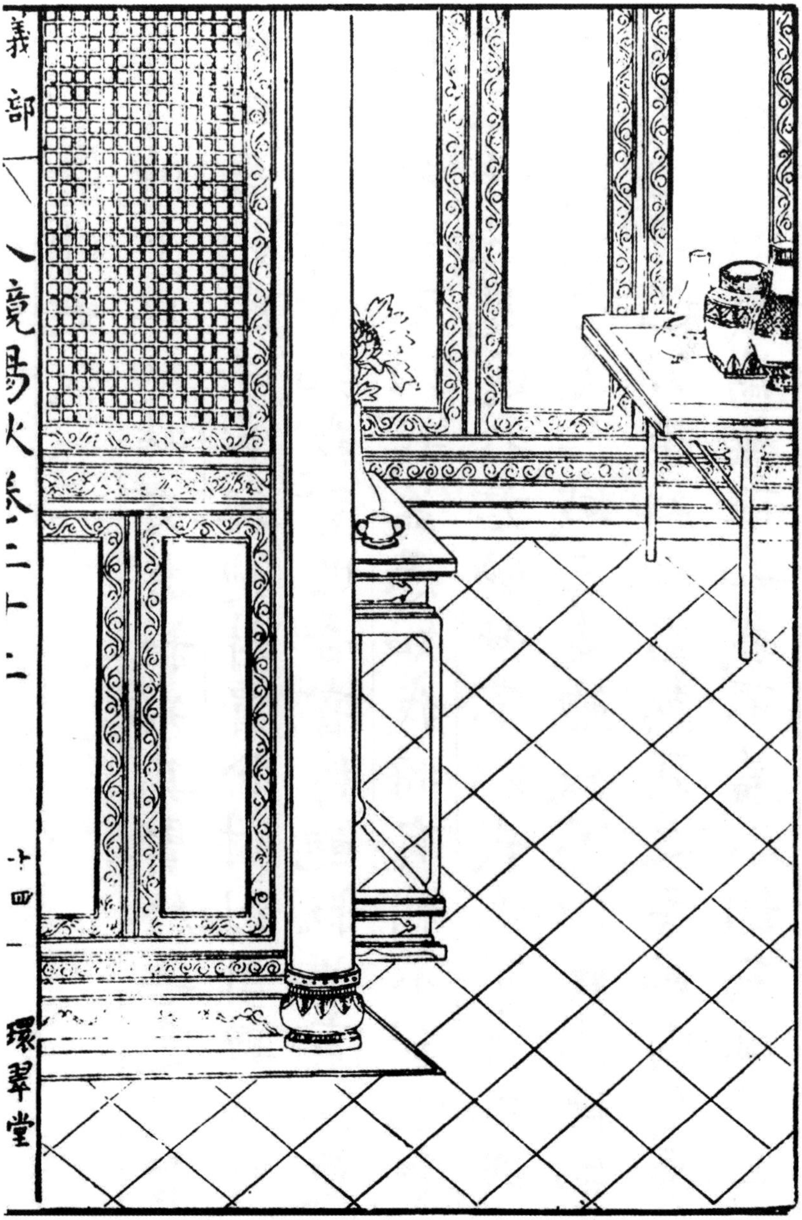
義部
十四
環翠堂

管仲鮑叔

齊管仲少與鮑炑交遊叔知其賢終善遇之管仲曰吾始困時嘗與鮑炑賈分財利自與鮑炑不以我為貪知我貧也吾嘗為鮑叔謀事而更困窮鮑炑不以我為愚知我時有利不利也吾嘗三仕三見逐於君鮑炑不以我為不肖知我不遭時也吾嘗三戰三走鮑叔不以我為怯知我有老母也公子糾敗召忽死之吾幽囚受辱鮑炑不以我為無恥知我不羞小節而恥功名

不顯於天下生我者父母知我者鮑子也
無無居士曰世多管鮑之義余讀管子書而知其得君交友為有本夫夫牧民山高等篇不過治齊之政爾非政本也至讀心術内業二篇然後喟然嘆曰治本於心雖霸道猶然況於王乎然以桓公之賢而不勉之至王史遷之譏誠然哉夫得君本於信友管鮑之交無非霸術是一匡之略也王則奚有噫

義部

人鏡陽秋卷二十二

十六

環翠堂

朱暉

漢朱暉字文季南陽宛人與張堪同縣張於太學中見文季甚重之接以友道把文季臂語曰欲以妻子托朱生文季以張先達舉手不敢對自後不復相見張亡後文季聞其妻子貧困自往候視厚賑贍之文季子頡怪問曰大人不與堪為友何忽如此文季曰堪嘗有知己之言吾以信於心也又與同郡陳揖交善揖早卒有遺腹子友文季嘗哀之後司徒桓虞為南陽太守

台文季子駢為吏文季辭駢而薦友一時稱其
義烈

無無居士曰交道之難全久矣自張陳凶終
蕭朱隙末竊於朱文季懷仰止焉彼張堪陳
揖生為知己沒而責在後死者此知己之交
正於是時見也文季並恤之心之所信舉而
行焉稱曰把臂之英植遺之彥豈溢美哉

義部
十八
環翠堂

范式

東漢范式字巨卿山陽金鄉人少遊太學與河南張劭字元伯者為友二人並告歸鄉里式謂劭曰後二年當過拜尊親乃共剋期至期劭白母殺鷄炊黍候之母曰二年之别千里結言何相信之審耶劭曰巨卿信士必不失期至期果到升堂拜母盡歡而别又式嘗夢劭呼曰巨卿吾以某日死某日葬子豈能相及乎式則馳赴之未到而喪已發將至壙柩不肯進其母撫之

曰元伯豈有望也移時見有素車白馬號泣而前母曰必巨卿也至則果馬式執紼引柩乃前式遂留止冢次爲脩墳樹然後去

無無居士曰李郭同舟潘夏方駕並云好友若死友尚未也惟范張乎千里信期登堂拜母一時風致絕響古今及別去荏苒流光遊魂入夢刻約葬期佪輪泣赴安有守信生前爽約死後者耶嗚呼奠楹夢斷陰風乍凜薤露歌殘怨日復斜又豈是耶非耶之幻哉

徐穉

漢徐穉字孺子豫章人前後為郡公所辟雖不就有死喪萬里赴弔常預炙鷄一隻以一兩綿漬酒日中曝乾以裹鷄徑到所赴冢隧外以水漬綿使有酒氣升米飯白茅為籍以鷄置前醊酒畢留謁即去不見喪主

無無居士曰南州孺子之風調千古無儔其萬里赴弔也用炙鷄絮酒籍以白茅知死者哀竟不見喪主而去之嗟夫其弔也答薦剡

也道茍違運理用同廢久矣孺子者可謂陵
阿甘退流也漢世之弔猶有生芻之束薰膏
之譏者

荀巨伯

晉荀巨伯潁川人遠看友人疾値胡賊攻郡友人語巨伯曰吾今死矣巨伯曰遠来相視子令吾去敗義以求生豈荀巨伯所行耶賊既至謂巨伯曰大軍至一郡盡空汝何男子而敢獨止巨伯曰友人有疾不忍委之寧以我身代友人命賊相謂曰我輩無義之人而入有義之國遂班軍而還一郡並獲全

無無居士曰白挺之徒望屋而食者未嘗不

可以義動也若長惡不悛曾若徒之不如矣巨伯之探友疾適寇至義不忍違豈惟全友并全一郡嗟夫是可以爲行義者勸矣彼平居出肺肝相示臨難掉臂而去者視此何如

徐晦

唐徐晦進士擢第登制科爲楊憑所薦憑得罪姻友憚畏無敢至者獨晦送至藍田故相權德輿言君送楊臨賀誠厚無乃爲累乎晦曰晦自布衣時楊臨賀知我厚方玆流播寧忍無言而別有如公異時爲姦佞譖斥晦敢自同路人乎德輿歎其長厚

無無居士曰附權門者如蛾赴火蠅逐湯未有不死其身者即不然如翟公書門亦恒情

可哂如灌夫不負魏其於剝落之日任安用
情於司直失勢之時與徐晦越鄉而送臨賀
皆足以嚮千載之牙頰也是以並舉而致褒
焉

白敏中

唐白敏中字用晦居易從父弟也王丞相再主文柄欲以白敏中為狀元病其人與賀拔惎為交惎有文而落拓丞相密令親知通意俾敏中與惎絶復約敏中為具敏中許之既而惎果造門左右紿以敏中他適惎遲留不言而去俄頃敏中躍出呼左右召惎悉以實告且曰一第何門不可致柰何輕負至交相與歡醉而寢前人来見之大怒而去具言於丞相丞相曰我比只

得白敏中今當更取賀拔甚矣

無無居士曰士先器識而後文藝即程材者亦以賢良方正居首也有文而落拓賀拔甚所以得交於白敏中者正在於斯主文柄者反瑕疵之而敏中不忍絶知交以博一第此王公并以重二人也不然何以登奇妝異離玖分珠

鍾離君

南唐江南李氏時有縣令鍾離君與隣縣許令為姻女將出適買一婢從嫁一日其婢執箕帚治地堂前熟視窊處惻然淚下鍾離君怪問之婢泣曰幼時我父於此穴地為毬窩道我戲劇歲久而穴處未改鍾離君驚問其父婢曰我父乃兩改前縣令身死家破我遂落民間更賣為婢鍾離呼牙儈問之復咨於老吏具得其實遽以書抵許氏曰吾買得前令之女義不可久辱

當輒奩篚先求壻嫁之更一年別為吾女营辦
許荅書曰蘧伯玉恥獨為君子君何自專仁義
願以前令之女配吾子君女當別求良配於是
前令之女遂歸許氏

無無居士曰鍾離君嫁前令女許令請得為
媳二家共成千載嘉話夫藍田列璧合浦聯
珠離之則獨竒合之則雙美異哉此兩人故
慕義之士多喜談而樂道之

戲部　卷三十二

三十一　環翠堂

周主忠妾

周主忠妾者周大夫妻之媵妾也大夫號主父自衛仕於周二年且歸其妻淫於鄰人恐主父覺其淫者憂之妻曰無憂也吾爲毒酒封以待之矣三日主父至其妻曰吾爲子勞封酒相待使媵婢取酒而進之媵婢心知其毒酒也計念進之則殺主父不義言之又殺主母不忠猶與因陽僵覆酒主大怒而笞之既已妻恐媵婢言之因以他過笞欲殺之媵知將死終不言主父

弟聞其事具以告主父主父驚乃免媵婢而笞殺其妻使人陰問媵婢曰汝知其事何以不言而反幾死乎媵婢曰殺主以自生又有辱主之名吾死則死耳豈言之哉主父高其義貴其意將納以為妻媵婢辭曰主辱而死而妾獨生是無禮也代主之處是逆理也無禮逆理有一猶愈今盡有之難以生矣欲自殺主聞之乃厚幣而嫁之四鄰爭娶之

無無居士曰義有不行於丈夫而出於婢子

之賤者此闈幽之士宜亟録也毒藥在手進之則姦遂而殺主父洩之則姦露而殺主母進不可洩不可惟有僵覆可爾是躬賤者之人而蹈丈夫之義者其籌之已熟矣且也杖將死而不言即丈夫猶難之義烈哉

人錄陰秋卷二十二

李善

漢李善字次孫南陽淯陽人本同縣李元蒼頭也建武中疫疾元家相繼死没唯孤兒續始生數旬而貲財千萬諸奴婢私共計議欲謀殺續分其財産善深傷李氏而力弗能制乃潛負續逃亡隱山陽瑕丘界中親自哺養乳爲生湩推燥居濕備嘗艱勤續雖孩抱奉之不異長君有事輙長跪請白然後行之續年十歲善與歸本縣脩理舊業告奴婢於長吏悉收殺之時鍾離

意爲瑕丘令上書薦善行狀光武詔拜善及續並爲太子舍人再遷日南太守從京師之官道經淯陽過李元冢未至一里乃脫朝服持鉏去草及拜墓哭泣甚悲身自炊爨執鼎俎以脩祭祀垂泣曰君夫人善在此盡哀數日乃去續至河間相

無無居士曰李善之義史以聖僕稱之蓋植孤可能也而哺乳生潼豈人力所能跪諮長君易能也而事孩提如長君則不易能皆非

出於強作夫強作不已乃近自然史氏之稱不爲溢美噫嘻阿段汲泉便了沽酒此人奴常事爾尚且誇之況善大義彰彰若是宜表而勸世云

庾氷郡卒

晉蘇峻亂諸庾逃散庾氷時為吴郡單身奔亡民吏悉去惟郡卒獨以小船載氷出錢塘口蘧篨覆之時峻賞募覓氷屬所在搜檢甚急卒捨船市渚因飲酒醉還舞棹向船曰何處覓庾吴郡此中便是氷大惶怖然不敢動監司見船小裝狹謂卒狂醉都不復疑自送過淛江寄山陰魏家得免後事平氷欲報卒適其所願卒曰出自廝下不願名器少苦執鞭恒患不得快飲酒

使其酒足餘年畢矣無所更須氷為起大舍市
奴婢使門内有百斛酒終其身

無無居士曰諸庾挾舅氏之族門藏金穴馬
控龍媒兼太后垂訓牙尺帝念深於負芒矣
及蘇峻之亂元規出奔庾氷逃竄不有郡卒
舞棹之呼幾不免羅者之手事平辭賞惟欲
以醉而全其天豈特饒於智哉可謂達生之
情者也柰何庾氏猜嫌上宰幾與台産安傑
同科曾此卒之不若何噫

人鏡陽秋卷二十二

義部　覺陽炎卷二十二

三十八一

環翠堂

趙延嗣

宋趙鄰幾好學善著述太宗朝權知制誥逾年卒子東之亦有文前以職事死塞上家極貧三女皆幼無田以養無宅以居僕趙延嗣者久事舍人義不轉去竭力營衣食以給之雖苦不避如是者十餘年三孤女且幼使其女與同處女之院延嗣未嘗至其門三女皆長延嗣未嘗見其面一日至京師訪舍人之舊謀嫁三女見宋翰林白楊侍郎徽之發聲大哭具道所以二公

驚謝曰吾徒被儒衣冠且與舍人交而不能恤舍人之孤不逌汝遠矣即迎三女京師求良士嫁之三女皆有歸延嗣乃去

無無居士曰植孤男易植孤女難植有家之孤易植無家之孤難趙延嗣僕人也主家繼殞呱呱三女何倚為生乃竭其力衣食之且不見其面卒奔告於主寮交擇嫁之如是者即烈士之操仁人之心不過是也宜后徂徠傳之以勵天下歟

阿寄

皇明阿寄者淳安徐氏僕也徐氏昆弟別產而居伯得一馬仲得一牛季寡婦得寄寄年五十餘矣寡婦泣曰馬則乘牛則耕踉蹌老僕乃費吾藜羹阿寄嘆曰噫主謂我力不牛馬若耶迺畫策營生示可用狀寡婦悉簪珥之屬得銀一十二兩畀寄寄則入山販漆朞年而三其息謂寡婦曰主無憂富可立致矣又二十年而致產數萬金為寡婦嫁三女婚兩郎齎聘皆千金又

延師教兩郎皆輸粟入太學而寡婦阜然財雄一邑矣須之阿寄病且老謂寡婦曰老奴馬牛之報盡矣出枕中二楮則家計鉅細悉均分之曰以此遺兩郎君言訖而終徐氏諸孫或疑寄私蓄者竊啟其篋無寸絲粒粟之儲焉一嫗一兒僅敝縕掩體而已

無無居士曰余讀田豫陽阿寄傳而嘆牛馬走能善用其主財也夫牛則耕馬則駕若隸也不力信非牛馬若矣阿寄實數歲能俾其

主財雄一邑豈非善用乎然其妻子衣僅蔽体則又有不用之用矣張循王之灌園夫於此爲再見

卷二十二終